선생님과 함께 읽는 사랑손님과 어머니

물음표로 찾아가는 한국단편소설 04

선생님과 함께 읽는

사랑손님과 어머니

전국국어교사모임 지음 ― 김은혜 그림

Humanist

'물음표로 찾아가는 한국단편소설' 시리즈를 펴내며

문학 교육은 아이들이 꿈을 꾸게 하기 위해 필요합니다. 그러나 요즘의 문학 교육은 참고서와 문제집을 통해서만 이루어지고 있습니다. 그래서 문학 수업은 엉뚱한 상상도 발랄한 질문도 없는 밍밍하고 지루한 시간이 되어 버렸습니다. 상상의 여지가 사라지고 질문이 없는 수업은 아이들을 질리게 하고 문학을 말라 죽게 합니다. 그렇다면 어떻게 해야 문학 교육을 살릴 수 있을까요?

무엇보다 학생들이 스스로 생각을 열어 질문을 만들 수 있게 해야 합니다. 매우 상식적인 일이지만, 우리 교육 환경에서는 잘 이루어지기가 어렵습니다. 그래서 전국국어교사모임은 학생들이 스스로 생각을 열고 엉뚱한 상상과 발랄한 질문을 할 수 있는 마중물을 붓기로 했습니다. 이는 말라 버린 문학뿐 아니라 아이들의 메마른 마음에도 물을 붓는 일이 될 것입니다.

교과서에 실린 의미 있는 작품을 골랐습니다 중·고등학교 국어 교과서나 문학 교과서에 실린 단편소설 가운데 오랫동안 많은 사람들에게 널리 읽힌 작품을 골랐습니다. 교과서에 실렸다는 것은 중·고등학생들에게 유용한 작품이라는 것이고, 오래 널리 읽혔다는 것은 재미나 감동, 그리고 생각거리 면에서 어느 하나는 사람들의 마음에 들었음을 뜻하기 때문입니다.

전국의 학생들에게 물었습니다 전국에 있는 수많은 학생에게 소설을 읽혀 보고, 그들이 궁금해 하는 것을 모았습니다. 그리고 나서 의미 있는 질문거리들을 일정한 방식으로 배열했습니다.
현직 국어 선생님들이 물음에 답했습니다 전국의 국어 선생님 100여 분이 다양한 책과 논문을 살펴본 다음 질문에 대한 답을 했습니다. 이런 과정을 통해 보다 보편적인 작품의 의미에 접근하고자 했습니다.
교육 과정과의 연관성을 고려했습니다 수업 현장에서 또는 학생 스스로 이용할 수 있도록 했습니다. '깊게 읽기'에서는 인물, 사건, 배경, 주제 등 작품과 직접 관련되는 내용을 다루었으며, '넓게 읽기'에서는 작가, 시대상, 독자 이야기 등을 살펴볼 수 있도록 했습니다.

'물음표로 찾아가는 한국단편소설' 시리즈는 다양하고 깊이 있는 생각을 이끌어 낼 수 있는 소설 감상의 안내서 구실을 할 것입니다. 또한 작품에 대한 해석과 이해의 차원을 넘어서 문화적·사회적·역사적 정보를 폭넓고 다양하게 제시함으로써 문학 감상 능력을 향상시켜 줄 뿐만 아니라, 문학과 가까워질 수 있는 기회를 제공해 줄 것입니다.

전국국어교사모임

머리말

〈사랑손님과 어머니〉는 여러분이 한 번쯤은 읽어 보았을 작품이에요. 하지만 겉으로 드러나는 이야기 흐름만을 어렴풋이 기억하고 있진 않나요? 〈사랑손님과 어머니〉에는 여러분이 미처 알아차리지 못한 많은 것이 숨어 있답니다. 이 책에서 그것들을 엿보게 될 거예요.

아무것도 모르는 사람은 질문을 할 수가 없어요. 그러니까 질문을 한다는 것은 이미 알아 가기 시작한다는 증거이지요. 최소한 내가 무엇을 모르고 있는지 알아야 질문을 할 수 있으니까요. 여러분은 〈사랑손님과 어머니〉를 읽으면서 어떤 궁금증을 품어 보았나요?

사랑손님이 하필이면 왜 다른 집이 아닌 옥희네 집에 왔을까요? 외삼촌은 왜 '흥흥'거릴까요? 어머니는 왜 달걀을 많이 살까요? 아저씨는 왜 옥희를 그렇게 귀여워할까요? 옥희는 왜 툭하면 울까요? 이런 물음들이 많을수록 여러분은 작품을 더 잘 이해하게 될 거예요.

이 작품을 읽으면서 꼭 염두에 두어야 할 중요한 사실 두 가지가 있어요.

하나는 〈사랑손님과 어머니〉는 현재의 이야기가 아니라는 거예요. 1930년대를 배경으로 하고 있어요. 지금처럼 남자와 여자가 만나서 연애하는 것이 지금처럼 자유롭지 못하던 시절이지요. 그리고 남자가 재혼하는 것은 아무렇지도 않은 일이었지만, 여자가 재혼을 하는 것은 곱게 보지 않던 시절이고요. 이것만 보더라도 사랑손님과 어머니의 만남은 평범하지 않다는 것을 상상할 수 있어요.

다른 하나는 〈사랑손님과 어머니〉의 이야기를 전해 주는 사람이 '옥희'라는 거예요. 여섯 살짜리 어린아이의 눈으로 본 어른들의 사랑이지요. 그래서 우리는 옥희가 전해 주는 이야기에도 귀를 기울여야 하지만, 옥희가 전해 주지 못하는 것을 우리의 상상으로 채워야 해요.

자, 이제 옥희의 손을 잡고 〈사랑손님과 어머니〉 속으로 들어가 볼까요?

강소은, 김재용, 김형진, 신태일, 오정훈, 오현숙, 이금미

차례

'물음표로 찾아가는 한국단편소설' 시리즈를 펴내며   4
머리말   6

작품 읽기 〈사랑손님과 어머니〉_주요섭   11

깊게 읽기 묻고 답하며 읽는 〈사랑손님과 어머니〉

1_ 옥희의 시절
'사랑손님'은 어떤 사람인가요?   53
'내외'가 무슨 뜻인가요?   55
옥희는 왜 그렇게 자주 우나요?   60
옥희 아버지는 어떤 사람이었을까요?   64

2_ 사랑손님의 사랑
사랑 아저씨는 왜 옥희에게 잘해 주나요?   67
옥희 어머니는 왜 그렇게 달걀을 많이 사나요?   71
사랑 아저씨는 왜 예배당에 갔나요?   74
옥희 어머니는 왜 풍금을 다시 치나요?   76
사랑 아저씨와 옥희 어머니는 서로에게 어떤 마음인가요?   78

3_ 어머니의 이별
여자가 재혼하면 왜 세상이 욕을 하나요?　81
옥희 어머니는 왜 '시험에 들지 말게'를 되풀이하나요?　86
옥희 어머니는 왜 풍금을 치지 않나요?　90
옥희 어머니는 재혼을 안 한 건가요, 못한 건가요?　94
이 소설의 주인공은 누구인가요?　97

넓게 읽기 작품 밖 세상 들여다보기

작가 이야기 – 주요섭의 생애와 작품 연보, 작가 더 알아보기　104
시대 이야기 – 1930~1935년　110
엮어 읽기 – 이루어지지 않은 사랑　114
다시 읽기 – 사랑손님과 옥희 어머니가 문자 메시지를 주고받는다면?　119
독자 이야기 – 사랑손님과 옥희 어머니가 되어 서로에게 편지 쓰기　122

참고 문헌　127

작품 읽기

사랑손님과 어머니

주요섭

　나는 금년 여섯 살 난 처녀 애입니다. 내 이름은 박옥희구요, 우리 집 식구라구는 세상에서 제일 예쁜 우리 어머니와 나와 단 두 식구뿐이랍니다. 아차, 큰일 날 뻔했군! 외삼촌을 빼놓을 뻔했으니.
　지금 중학교에 다니는 외삼촌은 어데를 그렇게 싸돌아다니는지, 집에는 끼니때나 외에는 별로 붙어 있지를 않으니까, 어떤 때는 한 주일씩 가도 외삼촌 코빼기도 못 보는 때가 많으니까요. 깜박 잊기도 예사지요 무얼.
　우리 어머니는 그야말로 세상에서 둘도 없이 곱게 생긴 우리 어머니는, 금년 나이 스물세 살인데 과부랍니다. 과부가 무엇인지 나는 잘 몰라도, 하여튼 동리 사람들이 나더러는 '과부의 딸'이라고들 부르니까 우리 어머니가 과부인 줄을 알지요. 남들은 다 아버지가 있는데 나만은 아버지가 없지요. 아버지가 없다고 아마 '과부 딸'이라나 봐요.

　외할머니 말씀을 들으면, 우리 아버지는 내가 이 세상에 나오기

한 달 전에 돌아가셨대요. 우리 어머니하고 결혼한 지는 일 년 만이고요. 우리 아버지의 본집은 어데 멀리 있는데, 마침 이 동리 학교에 교사로 오게 되기 때문에 결혼 후에도 우리 어머니는 시집으로 가지 않고 여기 이 집을 사고(바로 이 집은 우리 외할머니 댁 뒷집이지요.) 여기서 살다가 일 년이 못 되어 갑자기 죽었대요. 내가 세상에 나오기도 전에 아버지는 돌아가셨다니까, 나는 아버지 얼굴도 못 뵈었지요. 그러기 아무리 생각해 보아도 아버지 생각은 안 나요. 아버지 사진이라는 사진은 나도 한두 번 보았지요. 참말로 훌륭한 얼굴이야요. 그 아버지가 살아 계시다면 참말로 세상에서 제일가는 잘난 아버지일 거야요. 그런 아버지를 뵙지도 못한 것은 참으로 분한 일이야요. 그 사진도 본 지가 퍽 오랬는데, 이전에는 그 사진을 어머니 책상에 놓아두시더니, 외할머니가 오시면 오실 때마다 그 사진을 치우라고 늘 말씀을 하셨는데, 지금은 그 사진이 어데 있는지 없어졌어요. 언젠가 한번 어머니가 나 없는 동안에 몰래 장롱 속에서 무엇을 꺼내 보시다가 내가 들어오니까 얼른 장롱 속에 감추는 것을 내가 보았는데, 그것이 아마 아버지 사진인 것 같았어요.

아버지가 돌아가시기 전에 우리가 먹고살 것이나 남겨 놓고 가셨대요. 작년 여름에, 아니 가을이 다 되어서군요. 하루는 어머니를 따라서 저 여기서 한 십 리나 가서 조그만 산이 있는 데를 가서 거기서 밤도 따 먹고, 또 그 산 밑에 초가집에 가서 닭고깃국을 먹고 왔는데, 거기 있는 땅이 우리 땅이래

요. 거기서 나는 추수로 밥이나 굶지 않게 된대요. 그래두 반찬 사고 과자 사고 할 돈은 없대요. 그래서 어머니가 다른 사람의 바느질을 맡아서 해 주지요. 바느질을 해서 돈을 벌어서 청어도 사고 닭알도 사고 또 내가 먹을 사탕도 사고 한다구요.

그리구 우리 집 정말 식구는 어머니와 나와 단둘인데, 아버님이 계시던 사랑방이 비어 있으니 그 방도 쓸 겸, 또 어머니의 잔심부름도 좀 해 줄 겸 해서 우리 외삼촌이 사랑에 와 있게 되었대요.

금년 봄에는 나를 유치원에 보내 준다고 해서 나도 너무나 좋아서 동무 아이들한테 실컷 자랑을 하고 나서 집으로 들어오누라니까, 사랑에서 큰외삼촌이(우리 집 사랑에 와 있는 외삼촌의 형님) 웬한 낯선 사람 하나와 앉아 이야기를 하고 있습니다. 나를 보더니,
"옥희야."
하고 부르겠지요.
"옥희야, 이리 온. 와서 이 아저씨께 인사드려라."
나는 부끄러워서 비슬비슬하니까 그 낯선 손님이,
"아, 그 애기 참 곱다. 자네 조카딸인가?"
"응, 내 누이의 딸……. 경선 군의 유복녀 외딸일세."
"옥희 이리 온, 응! 그 눈은 꼭 아버지를 닮았네그려."
하고 낯선 손님이 말합디다.
"자, 옥희야. 커—단 처녀가 왜 저 모양이야. 어서 와서 이 아저씨께 인사해여. 너희 아버지의 옛날 친구이다. 또 인제부터는 이 사랑에 계실 터인데 인사 여쭙고 친해 두어야지."

나는 이 낯선 손님이 사랑에 계시게 된다는 말을 듣고 갑자기 즐거워졌습니다. 그래서 그 아저씨 앞에 가서 사붓이 절을 하고는 그만 안마당으로 뛰어 들어왔지요. 그 아저씨와 큰외삼촌은 소리를 내서 크게 웃더군요.

나는 안방으로 들어오는 나름으로 어머니를 붙들고,

"어머니, 사랑에 큰외삼촌이 아저씨를 하나 데리고 왔는데, 그 아저씨가 이제 사랑에 있는대."

하고 법석을 하니까,

"응, 그래."

하고 어머니는 벌써 안다는 듯이 대답을 하더군요.

"언제부텀 와 있나?"

"오늘부텀."

"애구 좋아."

하고 내가 손뼉을 치니까 어머니는 내 손을 꼭 잡으면서,

"왜 이리 수선이야."

"그럼 작은외삼촌은 어디루 가구?"

"외삼촌두 사랑에 있지."

"그럼 둘이 있나?"

"응."

"한방에 둘이 다 있어?"

"왜, 장지문 닫구 외삼촌은 아랫방에 계시구, 그 아저씨는 윗방에 계시구 그러지."

나는 그 아저씨가 어떤 사람인지는 몰랐으나, 내게는 퍽 고맙게

굴고 또 나도 그 아저씨가 꼭 마음에 들었어요. 어른들이 저희끼리 말하는 것을 들으니까, 그 아저씨는 돌아가신 우리 아버지와 어렸을 적 친구라구요. 어데 먼 데 가서 공부를 하다가 요새 돌아왔는데, 우리 동리 학교 교사로 오게 되었대요. 또 우리 큰외삼촌과도 친구인데, 이 동리에는 하숙도 별로 깨끗한 곳이 없고 해서 우리 사랑으로 와 계시게 되었다구요. 또 우리도 그 아저씨에게서 밥값을 받으면 살림에 보탬도 좀 되고 한다구요.

그 아저씨는 그림책들이 얼마든지 있어요. 내가 사랑에 가면 그 아저씨는 나를 무릎에 앉히고 그림책들을 보여 줍니다. 또 가끔 사탕도 주구요. 어느 날은 점심을 먹고 살그머니 사랑에 나가 보니까, 아저씨는 그때에야 점심을 잡수어요. 그래 가만히 앉아서 점심 잡숫는 걸 구경하고 있누라니까 아저씨가,

"옥희는 어떤 반찬을 제일 좋아하나?"

하고 묻겠지요. 그래 삶은 닭알을 좋아한다고 했더니, 마침 상에 놓인 삶은 닭알을 한 알 집어 주면서 나더러 먹으라구 합디다. 나는 닭알을 베껴 먹으면서,

"아저씨는 무슨 반찬이 제일 맛나우?"

하고 물으니까 그는 한참이나 빙그레 웃고 있더니,

"나두 삶은 닭알."

하겠지요. 나는 좋아서 손뼉을 짤깍짤깍 치고,

"아 나와 같네 그럼. 가서 어머니한테 알려야지."

하고 일어서니까 아저씨가 꼭 붙들면서,

"그러지 말어."

그러시지요. 그래두 나는 한번 맘을 먹은 담엔 꼭 그대루 하구야 마는 성미지요. 그래 안마당으로 뛰쳐 들어서면서,

"어머니 어머니, 사랑 아저씨두 나처럼 삶은 닭알을 제일 좋아한대."
하고 소리를 질렀지요.

"떠들지 말어."
하고 어머니는 눈을 흘기십디다.

그러나 사랑 아저씨가 닭알을 좋아하는 것이 내게는 썩 좋게 되었어요. 그다음부터는 어머니가 닭알을 많이씩 사게 되었으니까요. 닭알 장수 노친네가 오면 한꺼번에 열 알두 사구 스무 알두 사구 그래선 삶아서 아저씨 상에두 놓구, 또 으레 나도 한 알씩 주구 그래요. 그뿐 아니라 아저씨한테 놀러 나가면 가끔 아저씨가 책상 서랍 속에서 닭알을 한두 알 꺼내서 먹으라구 주지요. 그래 그 담부터는 나는 아주 실컷 닭알을 많이 먹었어요. 나는 아저씨가 아주 좋았어요. 하지만 외삼촌은 가끔 툴툴하는 때가 있었어요. 아마 아저씨가 마음에 안 드나 봐요. 아니 그것보다도 아저씨 상 심부름을 꼭 외삼촌이 하니까 그것이 하기 싫어서 그랬겠지요. 한번은 어머니와 외삼촌이 말다툼하는 것을 들었어요. 어머니가,

"야, 또 어데 나가지 말고 사랑에 있다가 선생님 들어오시거든 상 내가야지."

하고 말씀하시니까 외삼촌은 얼굴을 찡그리면서,

"제길 남 어데 좀 볼일이 있는 날은 반드시 끼때에 안 들어오고 늦어지니……."

하고 툴툴하겠지요. 그러니까 어머니는,

"그러니 어짜갔니. 너밖에 사랑 출입할 사람이 어데 있니?"

"누님이 좀 상 들고 나가구려. 요새 세상에 내외하십니까?"

어머니는 갑자기 얼굴이 빨개지시고 아무 대답도 없이 그냥 외삼촌에게 향하여 눈을 흘기셨습니다. 그러니까 외삼촌은 웃으면서 사랑으로 나갔지요.

나는 유치원에 가서 창가도 배우고 댄스도 배우고 하였습니다. 유치원 여선생님이 풍금을 아주 썩 잘 타요. 그런데 우리 유치원에 있는 풍금은 우리 예배당에 있는 풍금과는 아주 다른데, 퍽 조그마한 것이지마는 소리는 썩 좋아요. 그런데 우리 집 윗간에도 유치원 풍금과 꼭 같이 생긴 것이 놓여 있는 것이 갑자기 생각이 났어요. 그래 그날 나는 집으로 오는 길로 어머니를 끌고 윗간으로 가서

"엄마, 이거 풍금 아니유?"

하고 물으니까 어머니는 빙그레 웃으시면서,

"그렇다. 그건 어떻게 알았니?"

"우리 유치원에 있는 풍금이 이것과 꼭 같아. 그럼 어머니두 풍금 탈 줄 아우?"

하고 나는 다시 물었습니다. 그것은 내가 이때껏 한 번도 어머니가 이 풍금 앞에 앉은 것을 본 일이 없기 때문입니다.

어머니는 아무 대답도 아니 하십니다.

"어머니, 이 풍금 좀 타 봐!"

하고 재촉하니까 어머니 얼굴은 약간 흐려지면서,

"그 풍금을 네 아버지가 날 사다 주신 거란다. 네 아버지 돌아가신 후에는 그 풍금은 이때까지 뚜껑도 한 번 안 열어 보았다……."

이렇게 말씀하시는 어머니 얼굴을 보니까 금방 또 울음보가 터질 것같이만 보여서 그만,

"엄마, 나 사탕 주어."

하면서 아랫방으로 끌고 내려왔습니다.

아저씨가 사랑에 와 계신 지 벌써 여러 밤을 잔 뒤입니다. 아마 한 달이나 되었지요. 나는 거의 매일 아저씨 방에 놀러 갔습니다. 어머니는 가끔, 그렇게 가서 귀찮게 굴면 못쓴다고 꾸지람을 하시지만, 정말인즉 나는 조금도 아저씨를 귀찮게 굴지는 않았습니다. 도리어 아저씨가 나를 귀찮게 굴었지요.

"옥희 눈은 아버지를 닮았다. 고 고운 코는 아마 어머니를 닮았지. 고 입하고. 그러냐 안 그러냐? 어머니도 옥희처럼 곱지?"

이렇게 여러 가지로 물을 때도 있었습니다. 그래 나는,

"아저씨, 아직 우리 어머니 못 만나 보았수?"

하고 물었더니, 아저씨는 잠잠합니다.

"우리 어머니 보러 들어갈까?"

하면서 아저씨 소매를 잡아당겼더니 아저씨는 펄쩍 뛰면서,

"아니 아니 안 돼. 난 지금 분주해서."
하면서 나를 잡아끌었습니다. 그러나 정말로 무슨 그리 분주하지도 않은 모양이었어요. 그러기 나더러 가란 말도 아니 하고 그냥 나를 붙들고 머리도 쓰다듬고 뺨에 키스도 하고,
"요 저구리 누가 해 주디? …… 밤에 엄마하구 한자리에서 자니?"
라는 등 쓸데없는 말을 자꾸만 물었지요.
 그러나 웬일인지 나를 그렇게 귀애해 주던 아저씨도 아랫방에 외삼촌이 들어오면 갑자기 태도가 달라지지요. 이것저것 묻지도 않고, 나를 꼭 껴안지도 않고, 점잖게 앉아서 그림책이나 보여 주고 그러지요. 아마 아저씨가 우리 외삼촌을 무서워하나 봐요.
 하여튼 어머니는 나더러 너무 아저씨를 귀찮게 한다고, 어떤 때는 저녁 먹고 나서 나를 꼭 방 안에 가두어 두고 못 나가게 하는 때도 더러 있었습니다. 그러나 조금 있다가 어머니가 바느질에 정신이 팔리어 골몰하고 있을 때 몰래 가만히 일어나서 나오지요. 그런 때에는 어머니는 문 여는 소리를 듣고야 파딱 정신을 차려서 쫓아와 나를 붙들지요. 그러나 그런 때는 어머니는 골은 아니 내시고,
"이리 온. 이리 와서 머리 빗고."
하고 끌어다가 머리를 다시 곱게 땋아 주어요.
"머리를 곱게 땋고 가야지. 그렇게 되는 대루 하구 가문 아저씨가 숭보시지."
하시면서. 또 어떤 때에는 머리를 다 땋아 주시고는,
"응, 저구리가 이게 무어냐?"
하시면서 새 저구리를 내어 주시는 때도 있었습니다.

어떤 토요일 오후였습니다. 아저씨는 나더러 뒷동산에 올라가자고 하셨습니다. 나는 너무나 좋아서 곧 가자고 하니까,
"들어가서 어머님께 허락 맡고 온."
하십니다. 참 그렇습니다. 나는 뛰쳐 들어가서 어머니께 허락을 맡았습니다. 어머니는 내 얼굴을 다시 세수시켜 주고, 머리도 다시 땋고, 그러고 나서 나를 아스라지도록 한 번 몹시 껴안았다가 놓아주었습니다.
"너무 오래 있지 말고, 응."
하고 어머니는 크게 소리치셨습니다. 아마 사랑 아저씨도 그 소리를 들었을 거야요.
뒷동산에 올라가서 정거장을 한참 내려다보았으나 기차는 안 지나갔습니다. 나는 풀잎을 쭉쭉 뽑아 보기도 하고, 땅에 누운 아저씨의 다리를 가서 꼬집어 보기도 하면서 놀았습니다. 한참 후에 아저씨가 손목을 잡고 내려오는데 유치원 동무들을 만났습니다.
"옥희가 아빠하구 어디 갔다 온다잉."
하고 한 동무가 말합디다. 그 아이는 우리 아버지가 돌아가신 줄을 모르는 아이였습니다. 나는 얼굴이 빨개졌습니다.

그때 나는 얼마나 이 아저씨가 정말 우리 아버지였더라면 하고 생각했는지 모릅니다. 나는 정말로 한 번만이라도 "아빠!" 하고 불러 보고 싶었습니다. 그러고 그날 그렇게 아저씨하고 손목을 잡고 골목 골목을 지나오는 것이 어찌도 재미가 좋았는지요.

나는 대문까지 와서,

"난 아저씨가 우리 아빠라면 좋겠더라."

하고 불쑥 말했습니다. 그랬더니 아저씨는 얼굴이 홍당무처럼 빨개져서 나를 흔들면서,

"그런 소리 하면 못써."

하고 속삭이는데, 그 목소리가 몹시도 떨렸습니다. 나는 아저씨가 성이 난 것같이만 생각되어서 아무 말도 못하고 안으로 들어갔습니다. 어머니가,

"어데까지 갔던?"

하고 나와 안으며 묻는데, 나는 대답도 못하고 그만 쿨쩍쿨쩍 울었습니다. 어머니는 놀라서,

"옥희야, 왜 그러니? 응?"

하고 자꾸만 물었으나 나는 아무 대답도 못하고 울었습니다.

이튿날은 일요일인 고로, 나는 어머니와 함께 예배당에를 가려고 차리고 나서, 어머니가 옷을 갈아입는 동안 잠깐 사랑에를 나가 보았습니다. 아저씨가 성이 났나 하고 가만히 방 안을 들여다보았더니, 책상에 앉아 무엇을 쓰고 있던 아저씨가 내다보면서 빙그레 웃었습니다. 그 웃음을 보고 나는 마음을 놓았습니다. 아저씨는 지금

은 성내지 않은 것이 확실하니까요. 아저씨는 내 온몸을 이리 보고 저리 보고 훑어보더니,

"옥희 오늘 어데 가나, 저렇게 곱게 채리고?"

하고 묻습니다.

"엄마하구 예배당에 가."

"예배당에?"

하고 나서, 아저씨는 잠시 나를 멍하니 바라다보더니,

"어느 예배당에?"

하고 묻습니다.

"요 앞에 예배당에 가지 뭐."

"응, 요 앞이라니?"

이때 안에서 "옥희야!" 하고 부드럽게 부르는 어머니 목소리가 들리었습니다. 나는 얼른 안으로 뛰어 들어오면서 돌아다보니, 아저씨는 또 얼굴이 빨갛게 성이 났지요. 참으로 무슨 일로 요새는 아저씨가 저렇게 성을 잘 내는지 알 수 없었습니다.

예배당에 가 앉아서 찬미하고 기도하다가 기도하는 중간에 갑자기 나는 '혹시 아저씨도 예배당에 나오지 않았나?' 하는 생각이 나서 눈을 뜨고 고개를 들어 남자석을 바라다보았습니다. 그랬더니 하, 바로 거기 아저씨가 와 앉아 있겠지요. 그런데 어른이 눈 감고 기도하지 않고, 우리 아이들처럼 눈을 뜨고 여기저기 두리번두리번 바라봅디다. 나는 얼른 아저씨를 알아보았는데 아저씨는 나를 못 알아보았는지 내가 방그레 웃어 보여도 웃지 않고 멀거니 보고 있겠지요. 그래 나는 손을 들어 흔들었지요. 그러니까 아저씨는 얼른

고개를 숙이고 말더군요. 그때에 어머니가 내가 팔을 흔드는 것을 깨닫고 두 손으로 나를 붙들고 끌어당기더군요. 나는 어머니 귀에다 입을 대고,

"저기 아저씨두 왔어."

하고 속삭이니까 어머니는 흠칫하면서 내 입을 손으로 막고 막 끌어 잡아다가 앞에 앉히고 고개를 누르더군요. 보니까 어머니가 또 얼굴이 홍당무처럼 빨개졌겠지요.

그날 예배는 아주 젬병이었어요. 웬일인지 예배 끝날 때까지 어머니는 성이 나서 강대만 앞으로 바라보고 앉았지 이전 모양으로 가끔 나를 내려다보고 웃는 일이 없었어요. 그리고 아저씨를 보려고 남자석을 바라다보아도 아저씨도 한 번도 바라다보아 주지도 않고 성이 나서 앉아 있고, 어머니는 나를 보지도 않고 공연히 꽉꽉 잡아당기지요. 왜 모두들 그리 성이 났는지. 나는 그만 '으아' 하고 한번 울고 싶었어요. 그러나 바로 멀지 않은 곳에 우리 유치원 선생님이 앉아 있는 고로 울고 싶은 것을 억지로 참았답니다.

내가 처음 얼마 동안은 유치원에 갈 때나 올 때나 외삼촌이 바래다주었습니다. 그러나 여러 밤을 자고 난 뒤에는 나 혼자도 넉넉히 다니게 되었어요. 그러나 언제나 유치원에서 돌아오는 때이면 어머니가 옆대문(우리 집에는 대문이 사랑대문과 옆대문 둘이 있어서 어머니는 늘 이 옆대문으로만 출입하시는 것이었습니다.) 밖에 기다리고 섰다가 내가 달음질쳐 가면 안고 집 안으로 들어가곤 하는 것이었습니다.

그런데 하루는 어쩐 일인지 어머니가 보이지를 않겠지요. 어떻게 도 화가 나던지요. 물론 머릿속으로는 '아마 외할머니 댁에 가셨나 부다.' 하고 생각했지마는, 하여튼 내가 돌아왔는데 문간에서 기다리지 않고 집을 떠났다는 것이 몹시 나쁘게 생각이 되더군요. 그래서 속으로 '오늘 엄마를 좀 골려야겠다.' 하고 생각하고 있는데 옆대문 밖에서,

"아이고 얘가 원 벌써 왔나?"

하는 어머니 목소리가 들리더군요. 그 순간 나는 신을 벗어 들고 안방으로 뛰어 들어가서 벽장을 열고 그 속에 가 들어가서 숨어 버렸습니다.

"옥희야, 옥희 너 아직 안 왔니?"

하는 어머니 목소리가 바로 뜰에서 나더니,

"아직 안 왔군."

하면서 밖으로 나가는 모양이었습니다. 나는 재미가 나서 혼자 흐흥흐흥 웃었습니다.

한참을 있더니 집에서는 온통 야단이 났습니다. 어머니 목소리도 들리고, 외할머니 목소리도 들리고, 외삼촌 목소리도 들리고!

"글쎄 하루 종일 집이라군 안 떠났다가 옥희 유치원에서 오문 맥일 과자가 없기 어머님 댁에 잠깐 갔다가 왔는데, 고 동안에 이런 변이 생기다니."

하는 것은 어머니 목소리.

"글쎄 유치원에선 벌써 삼십 분 전에 떠났다는데 원, 중간에서……."

하는 것은 외할머니 목소리.

"하여튼 내 나가서 돌아댕겨 볼웨다. 원 고것이 어델 갔담?"
하는 것은 외삼촌의 목소리.

이윽고 어머니의 울음소리가 가늘게 들렸습니다. 외할머니는 무엇이라고 중얼중얼 이야기하는 모양이었습니다. '이젠 그만하고 나갈까.' 하고도 생각했으나, '지난 주일날 예배당에서 성냈던 앙갚음을 해야지.' 하고 나는 그냥 벽장 안에 누워 있었습니다. 벽장 안은 답답하고 더웠습니다. 그래서 이윽고 부지중에 슬며시 잠이 들어 버렸습니다.

얼마 동안이나 잤는지요? 이윽고 잠을 깨 보니 아까 내가 벽장 안에 들어왔던 것은 잊어버리고 참 이상스러운 데에 내가 누워 있거든요. 어두컴컴하고 좁고 덥고……. 나는 갑자기 무서운 생각이 나서 엉엉 울기 시작했지요. 그러자 갑자기 어데 가까운 데서 어머니의 외마디 소리가 나더니 벽장 문이 벌컥 열리고 어머니가 달려 들어 나를 안아 내렸습니다.

"요 망할 것아."
하면서 어머니는 내 엉덩이를 댓 번 때렸습니다. 나는 더욱더 소리를 내 울었습니다. 어머니는 그때는 나를 끌어안고 어머니도 울었습니다.

"옥희야, 옥희야. 응 인제 괜찮다. 엄마 여기 있지 않니 응, 울지 마라 옥희야. 엄마는 옥희 하나문 그뿐이다. 옥희 하나만 바라고 산다. 나는 너 하나문 그뿐이야. 세상 모든 게 다 일이 없다. 옥희만 있으문 바라고 산다. 옥희야 울지 마라. 응 울지 마라."

이렇게 어머니는 나더러 자꾸 울지 말라면서도 어머니 저는 그치지 않고 그냥 울고 있었습니다. 외할머니는,

"원 고것이 도깨비가 들렸단 말인가, 벽장 속엔 왜 숨는담."

하고, 앉아 있는 외삼촌은,

"에, 재수 나시다."

하면서 밖으로 나갔습니다.

이튿날 유치원을 파하고 집으로 오게 된 때, 나는 갑자기 어제 벽장 속에 숨었다가 어머니를 몹시 울게 하던 생각이 문득 나서 집으로 가기가 어째 부끄러워졌습니다. '오늘은 어머니를 좀 기쁘게 해 드려야 할 텐데……. 무엇을 갖다 드리면 기뻐할까?' 하고 생각했습니다. 그러자 문득 유치원 안에 선생님 책상 위에 놓여 있던 꽃병 생각이 났습니다. 그 꽃병에는 나는 이름도 모르는 곱고 빨간 꽃이 있었습니다. 그 꽃은 개나리도 아니고 진달래도 아니었습니다. 그런 꽃은 나도 잘 알고, 또 그런 꽃은 벌써 폈다가 진 후였습니다. 무슨 서양 꽃이려니 하고 나는 생각했습니다. 나는 우리 어머니가 꽃을 사랑하는 줄을 잘 압니다. 그래서 그 꽃을 갖다 드리면 어머니가 몹시 기뻐하려니 하고 생각하였습니다.

그래서 나는 도로 유치원 방 안으로 들어갔습니다. 마침 방 안에는 아무도 없었습니다. 선생님도 잠깐 어데를 갔는지 보이지 않았습니다. 그래 나는 그 꽃을 두어 개 얼른 빼 들고 달음질쳐 나왔지요.

집에 오니 어머니는 문간에서 기다리고 있다가 나를 안고 들어왔습니다.

"그래 그 꽃은 어데서 났니? 퍽 곱구나."

하고 어머니가 말씀하셨습니다. 갑자기 나는 말문이 막혔습니다. '이걸 어머니 드릴라구 내가 유치원서 가져왔지.' 하고 말하기가 어째 부끄러운 생각이 들었습니다. 그래 잠깐 망설이다가,

"응, 이 꽃! 저기 사랑 아저씨가 엄마 갖다 드리라구 줘."

하고 불쑥 말했습니다. 그런 거짓말이 어데서 나왔는지 나도 모르지요.

꽃을 들고 내음새를 맡고 있던 어머니는 내 말이 끝나기가 무섭게 무엇에 놀란 사람처럼 화닥닥 하였습니다. 그러고는 금시에 어머니 얼굴이 그 꽃보다도 더 빨갛게 되었습니다. 그 꽃을 든 어머니 손가락이 파르르 떠는 것을 나는 보았습니다. 어머니는 무슨 무서운 것을 생각하는 듯이 사방을 휘 한번 둘러보시더니,

"옥희야. 그런 걸 받아 오문 안 돼."

하는 목소리는 몹시 떨렸습니다. 나는 꽃을 그처럼 좋아하는 어머니가 이 꽃을 받고 그처럼 성을 낼 줄은 참으로 뜻밖이었습니다. 그렇게 성을 낸다면 그 꽃을 내가 가져왔다고 그러지 않고, 아저씨가 주더라고 한 거짓말이 참 잘되었다고 나는 속으로 생각했습니다. 어머니가 성을 내는 까닭은 나는 모르지만, 하여튼 성을 낼 바에는

내게 내는 것보다 아저씨에게 내는 것이 내게는 나았기 때문입니다.
한참 있더니 어머니는 나를 방 안으로 데리고 들어와서,

"옥희야, 너 이 꽃 이야기 아무보구두 하지 말아 응."

하고 타일러 주었습니다. 나는,

"응."

하고 대답했습니다.

　어머니는 그 꽃을 내버릴 줄로 나는 생각했습니다마는, 내버리지는 않고 꽃병에 넣어서 풍금 위에 놓아두었습니다. 아마 퍽 여러 밤 자도록 그 꽃은 거기 놓여 있어서 마지막에는 시들었습니다. 꽃이 다 시들자 어머니는 가위로 그 대는 잘라내 버리고, 꽃만은 찬송가 갈피에 끼워 두었습니다.

　그날 밤에 나는 또 사랑에 나가서 아저씨 무릎에 앉아 그림책을 보고 있었습니다. 갑자기 아저씨 몸이 흠칫합니다. 그러고는 귀를 기울입니다. 나도 귀를 기울였습니다.

　풍금 소리!

　그 풍금 소리는 분명 안방에서 흘러나오는 것이었습니다.

"엄마가 풍금 타나 부다."

하고 나는 벌떡 일어나서 안으로 뛰어왔습니다. 안방에는 불을 켜지 않았습니다. 그러나 그때는 음력으로 보름께여서 달이 낮같이 밝은데 은빛 같은 흰 달빛이 방 한 절반 가득하였습니다. 나는 흰 옷을 입은 어머니가 풍금 앞에 앉아서 고요히 풍금을 타는 것을 보았습니다.

　나는 나이 지금 여섯 살밖에 안 되었지마는, 하여튼 어머니가 풍

금을 타시는 것을 보는 것은 오늘이 처음이었습니다. 어머니는 우리 유치원 선생님보다도 풍금을 더 잘 타시는 것이었습니다. 나는 어머니 곁으로 갔습니다마는, 어머니는 내가 온 것도 깨닫지 못하는지 그냥 까딱 아니 하고 앉아서 풍금을 탔습니다. 조금 있더니 어머니는 풍금에 맞추어 노래를 부르기 시작하였습니다. 어머니의 목소리가 그렇게도 아름다운 것도 나는 입때 모르고 있었습니다. 어머니는 참으로 우리 유치원 선생님보다도 목소리가 훨씬 더 곱고, 노래도 훨씬 더 잘 부르시는 것이었습니다. 나는 가만히 서서 어머님 노래를 들었습니다. 그 노래는 마치 은실을 타고 저 별나라에서 내려오는 노래처럼 아름다웠습니다.

그러나 얼마 가지 않아 목소리는 약간 떨렸습니다. 가늘게 떨리는 노랫소리, 그에 따라 풍금의 가는 소리도 바르르 떠는 듯했습니다. 노랫소리는 차차 가늘어지더니 마지막에는 사르르 없어져 버렸습니다. 풍금 소리도 사르르 없어졌습니다. 어머니는 고요히 풍금에서 일어나시더니 옆에 섰는 내 머리를 쓰다듬었습니다. 그 다음 순간 어머니는 나를 안고 마루로 나오셨습니다. 어머니는 아무 말씀도 없이 나를 꼭꼭 껴안는 것이었습니다. 달빛을 함북 받는 내 어머니 얼굴은 몹시도 새하얗다고 생각되었습니다. 우리 어머니는 참으로 천사 같다고 나는 생각하였습니다.

우리 어머니의 새하얀 두 뺨 위로는 쉴 새 없이 두 줄기 눈물이 줄줄 흘러내리고 있는 것을 나는 보았습니다. 그것을 보니 나도 갑자기 울고 싶어졌습니다.

"어머니 왜 울어?"

하고 나도 벌써 훌쩍거리면서 물었습니다.

"옥희야."

"응?"

한참 동안 어머니는 아무 말씀도 없었습니다.

"옥희야 나는 너 하나면 그뿐이다."

"엄마?"

어머니는 대답이 없으셨습니다.

하루는 밤에 아저씨 방에서 놀다가 졸려서 안방으로 들어오려고 일어서니까 아저씨가 하—얀 봉투를 서랍에서 꺼내어 내게 주었습니다.

"옥희, 이것 갖다 엄마 드리고, 지나간 달 밥값이라구, 응?"

나는 그 봉투를 갖다 엄마에게 드렸습니다. 엄마는 그 봉투를 받아 들자 갑자기 얼굴이 파—랗게 질렸습니다. 그 전날 달밤에 마루에 앉았을 때보다도 더 새하얗다고 생각되었습니다. 어머니는 그 봉투를 들고 어쩔 줄을 모르는 듯이 초조한 빛이 나타났습니다. 나는,

"그거 지나간 달 밥값이래."

하고 말을 하니까 어머니는 갑자기 잠자다 깨는 사람처럼 "응." 하고 놀래더니, 또 금시에 백지장같이 새하얗던 얼굴이 빨갛게 물들었습니다. 봉투 속에 들어갔던 어머니의 파들파들 떨리는 손가락이 지전을 몇 장 끌고 나왔습니다. 어머니는 입술에 약간 웃음을 띠우면서 후—하고 한숨을 지었습니다. 그러나 그것도 잠깐, 다시 어머니

는 무엇에 놀랐는지 흠칫하더니 금시에 얼굴이 창백해지고 입술이 바르르 떨렸습니다. 어머니의 손을 보니 거기에는 지전 몇 장 외에 네모로 접은 하—얀 종이가 한 장 잡혀 있는 것이었습니다.

　어머니는 한참 망설이는 모양이었습니다. 그러더니 무슨 결심을 한 듯이 입술을 악물고 그 종이를 채근채근 펴 들고 그 안에 쓰인 글을 읽었습니다. 나는 그 안에 무슨 글이 쓰여 있는지 알 도리가 없으나, 어머니는 금시에 얼굴이 파랬다 빨갰다 하고, 그 종이를 든 손은 이제는 바들바들이 아니라 와들와들 떨리어서 그 종이가 부석부석 소리를 내이게 되었습니다.

　한참 만에 어머니는 그 종이를 아까 모양으로 네모지게 접어서 돈과 함께 봉투에 도로 넣어 반지 그릇에 던졌습니다. 그러고는 정신 나간 사람처럼 멀거니 앉아서 전등만 쳐다보는데, 어머니 가슴이 불룩불룩합디다. 나는 어머니가 혹시 병이나 나지 않았나 해서 얼른 가 무릎에 안기면서,

　"엄마 잘까?"

하고 말했습니다.

　엄마는 내 뺨에 키스를 해 주었습니다. 그런데 엄마의 입술이 어쩌면 그리도 뜨거운지요. 마치 불에 달군 돌이 볼에 와 닿는 것 같았습니다.

　한잠을 자고 나서 잠이 채 깨지는 않았으나 어렴풋한 정신으로 옆을 쓸어 보니 어머니가 없습니다. 가끔 가다가 나는 그런 버릇이 있어요. 어렴풋한 정신으로 옆을 쓸면 어머니의 보드라운 살이 만져지지요. 그러면 다시 나는 잠이 들어 버리곤 하는 것이었습니다.

어머니가 자리에 없다는 것을 알게 되자 나는 갑자기 무서워졌습니다. 그래서 눈을 번쩍 뜨고 고개를 들어 둘러보았습니다. 방 안에는 불은 안 켰지만 어슴푸레하게 밝습니다. 뜰로 하나 가득한 달빛이 방 안에까지 희미한 밝음을 비추어 주는 것이었습니다. 윗목을 보니 우리 아버지의 옷을 넣어 두고 가끔 어머니가 꺼내서 쓸어 보시는 그 장롱이 열려 있고, 그 아래 방바닥에는 흰옷이 한 무더기 널려 있습니다. 그리고 그 옆에는 장롱을 반쯤 기대고 자리옷만 입은 어머니가 주춤하고 앉아서 고개를 위로 쳐들고 눈은 감고 무엇이라고 입술로 소곤소곤 외고 있는 것이 보였습니다. 아마 기도를 하나 보다 하고 나는 생각했습니다. 나는 자리에서 일어나서 기어가서 어머니 무릎을 뼈개고 기어들어 갔습니다.

"엄마, 무얼 하우?"

어머니는 소곤거리기를 그치고 눈을 떠서 나를 한참이나 물끄러미 들여다보십니다.

"옥희야."

"응?"

"가서 자자."

"엄마두 같이 자?"

"응, 그래. 엄마도 같이 자."

그 목소리가 어째 싸늘하다고 내게 생각되었습니다. 어머니는 돌아가신 아버지의 옷들을 한 가지씩 들고 가만히 손바닥으로 쓸어 보고는 장롱 안에 넣었습니다. 하나씩 하나씩 쓸어 보고는 장롱에 넣고 하여 그 옷을 다 넣은 때 장롱 문을 닫고 쇠를 채우고, 그러고 나서 나를 안고 자리로 왔습니다.

"엄마, 우리 기도하구 자?"

하고 나는 물었습니다. 어머니는 나를 밤마다 재울 때마다 반드시 기도를 하는 것이었습니다. 내가 할 줄 아는 기도는 주기도문뿐이었습니다. 그 뜻은 하나도 모르지만 어머니를 따라서 자꾸 외워서 나도 지금은 주기도문을 잘 외웁니다. 그런데 웬일인지 어젯밤 잘 때는 어머니가 기도할 것을 잊어버렸던 것이 지금 생각났기 때문에 나는 그렇게 물었던 것입니다. 어젯밤 자리에 들 때 내가,

"기도할까?"

하고 말하고 싶었으나, 어머니가 너무도 슬픈 빛을 띠고 있는 고로 그만 나도 가만히 아무 소리 없이 잠을 들고 말았던 것입니다.

"응, 기도하자."

하고 어머니가 고요히 말했습니다.

"어머니가 기도해."

하고 나는 갑자기 어머니의 기도하는 부드러운 음성이 듣고 싶어서 말했습니다.

"하늘에 계신 우리 아버지시여."

어머니는 고요히 기도를 시작하였습니다.

"이름을 거룩하게 하옵시며, 나라에 임하옵시며, 뜻이 하늘에서 이루어진 것처럼 땅에서도 이루어지이다. 오늘날 우리에게 일용할 양식을 주옵시고, 우리가 우리에게 죄 지은 자를 용서하여 준 것처럼 우리 죄를 사하여 주옵시고, 우리를 시험에 들지 말게 하옵시고……, 우리를 시험에 들지 말게 하옵시고……, 시험에 들지 말게

하옵시고……, 시험에 들지 말게……, 시험에 들지 말게…….”
 이렇게 어머니는 자꾸 되풀이하였습니다. 나도 지금은 막히지 않고 하는 주기도문을 어머니가 막히다니 참으로 우스운 일이었습니다.
 '시험에 들지 말게, 시험에 들지 말게…….' 하고 자꾸만 되풀이하는 것을 나는 참다못해서,
 "엄마, 내 마저 할게."
하고,
 "다만 악에서 구하옵소서. 대개 나라와 권세와 영광이 아버지께 영원토록 있사옵나이다."
하고 내가 끝을 마쳤습니다. 어머니는 한참이나 있다가 겨우,
 "아멘."
하고 속삭이었습니다.

 요새 와서 어머니의 하는 일이란 참으로 알 수가 없는 노릇입니다. 어떤 때는 어머님도 퍽 유쾌하셨습니다. 밤에 때로는 풍금도 하고, 또 때로는 찬송가도 부르고, 그러실 때에는 나는 너무도 좋아서 가만히 어머니 옆에 앉아서 듣습니다. 그러나 가끔가끔 그 독창은 소리 없는 울음으로 끝을 맺는 때가 있는데, 그런 때면 나도 따라서 울었습니다. 그러면 어머니는 나를 안고 무수히 키스하시면서,
 "엄마는 옥희 하나면 그뿐이야. 응, 그렇지……."
하시면서 언제까지나 언제까지나 우시는 것이었습니다.
 어떤 일요일날, 그렇지요 그것은 유치원 방학히고 난 그 이튿날이

었어요. 그날 어머니는 갑자기 머리가 아프시다고 예배당에를 그만 두었습니다. 사랑에서는 아저씨도 어데 나가고, 외삼촌도 어데 나가고, 집에는 어머니와 나와 단둘이 있었는데, 머리가 아프다고 누워 계시던 어머니가 갑자기 나를 부르시더니,

"옥희야, 너 아빠가 보고 싶으냐?"

하고 물으십니다.

"응, 우리두 아빠가 있으면 좋겠어."

하고 혀를 까불고 어리광을 좀 부려 가면서 대답을 했습니다. 한참 동안을 어머니는 아무 말씀도 아니 하시고 천장만 바라다보시더니,

"옥희야, 옥희 아버지는 옥희가 세상에 나오기두 전에 돌아가셨단다. 옥희두 아빠가 없는 건 아니지. 그저 일찍 돌아가셨지. 옥희가 이제 아버지를 새로 또 가지면 세상이 욕을 한단다. 옥희는 아직 철이 없어서 모르지만 세상이 욕을 한단다. 세상이 욕을 해. 옥희 어머니는 화냥년이다, 이러구 세상이 욕을 해. 옥희 아버지는 죽었는데 옥희는 아버지가 또 하나 생겼대, 참 망측두 하지, 이러구 세상이 욕을 한단다. 그리 되면 옥희는 언제나 손가락질 받구. 옥희는 커두 시집두 훌륭한 데 못 가구. 옥희가 공부를 해서 훌륭하게 돼두, 에 그까짓 화냥년의 딸, 하구 남들이 욕을 한다."

이렇게 어머니는 혼잣말하시듯 뜨문뜨문 말씀하십니다. 그러고는 한참 있더니,

"옥희야."

하고 또 부르십니다.

"응?"

"옥희는 언제나 언제나 내 곁을 안 떠나지? 옥희는 언제나 언제나 엄마하구 같이 살지? 옥희 엄마는 늙어서 꼬부랑 할미가 되어두 그래두 옥희는 엄마하구 같이 살지? 옥희가 유치원 졸업하구 또 소학교 졸업하구 또 중학교 졸업하구 또 대학교 졸업하구 옥희가 조선서 제일 훌륭한 사람이 돼두 그래두 옥희는 엄마하구 같이 살지? 응? 옥희는 엄마를 얼만큼 사랑하나?"

"이만큼."

하고 나는 두 팔을 쫙 벌리어 보였습니다.

"응, 얼만큼? 응, 그만큼! 언제나 언제나 옥희는 엄마만 사랑하지? 그리구 공부두 잘하구, 그리고 훌륭한 사람이 되구……."

나는 어머니의 목소리가 떨리는 것으로 보아 어머니가 또 울까 봐 겁이 나서,

"엄마, 이만큼 이만큼."

하면서 두 팔을 쫙쫙 벌리었습니다.

어머니는 울지 않으셨습니다.

"응, 옥희 엄마는 옥희 하나면 그뿐이야. 세상 다른 건 다 소용없어. 우리 옥희 하나면 그만이야. 그렇지 옥희야?"

"응!"

어머니는 나를 당기어서 꼭 껴안고 내 가슴이 막혀 들어올 때까지 자꾸만 껴안아 주었습니다.

그날 밤 저녁을 먹고 나니까 어머니는 나를 불러 앉히고 머리를 새로 빗겨 주었습니다. 댕기도 새 댕기를 드려 주고, 바지, 저고리, 치마, 모다 새것을 꺼내 입혀 주었습니다.

"엄마, 어디 가?"

하고 물으니까,

"아니."

하고 웃음을 띠우면서 대답합니다. 그러더니 풍금 옆에서 새로 다린 하―얀 손수건을 내리어 내 손에 쥐어 주면서,

"이 손수건 저 사랑 아저씨 손수건인데, 이것 아저씨 갖다 드리고 와 응. 오래 있지 말고 손수건만 갖다 드리고 이내 와 응."

하고 말씀하십니다.

손수건을 들고 사랑으로 나가면서 나는 그 손수건 접이 속에 무슨 발각발각하는 종이가 들어 있는 것처럼 생각되었습니다마는, 그것을 펴 보지 않고 그냥 갖다가 아저씨에게 주었습니다.

아저씨는 방에 누워 있다가 벌떡 일어나서 손수건을 받는데, 웬일인지 아저씨는 이전처럼 나보고 빙그레 웃지도 않고 얼굴이 몹시 새파래졌습니다. 그러고는 입술을 질근질근 깨물면서 말 한마디 아니 하고 그 손수건을 받더군요.

나는 어째 이상한 기분이 돌아서 아저씨 방에 들어가 앉지도 못하고 그냥 되돌아서서 안방으로 들어왔지요. 어머니는 풍금 앞에 앉아서 무엇을 그리 생각하는지 가만히 있더군요. 나는 풍금 옆에 가서 가만히 앉았지요. 이윽고 어머니는 조용조용히 풍금을 타십디다. 무슨 곡조인지는 몰라도 어째 구슬프고 고즈넉한 곡조야요.

밤이 늦도록 어머니는 풍금을 타셨습니다. 그 구슬프고 고즈넉한 곡조를 계속하고 또 계속하면서.

여러 밤을 자고 난 어떤 날 오후에 나는 아저씨 방에를 오래간 만에 가 보았더니, 아저씨가 짐을 싸느라고 분주하겠지요. 내가 아저씨에게 손수건을 갖다 드린 다음부터는 웬일인지 아저씨가 나를 보아도 언제나 퍽 슬픈 사람, 무슨 근심이 있는 사람처럼 아무 말도 없이 나를 물끄러미 바라다만 보고 있는 고로, 나도 그리 자주 놀러 나오지 않았던 것입니다.

그랬었는데 이렇게 갑자기 짐을 꾸리는 것을 보고 나는 놀랐습니다.

"아저씨, 어데 가시우?"

"응, 멀리루 간다."

"언제?"

"이제."

"기차 타구?"

"응 기차 타구."

"갔다 언제 또 오시우?"

아저씨는 아무 대답도 없이 서랍에서 예쁜 인형을 하나 꺼내서 내게 주었습니다.

"옥희 이것 가져, 응. 옥희는 아저씨 가구 나문 아저씨 잊어버리구 말겠지?"

나는 갑자기 슬퍼졌습니다.

"아니."

하고 나는 대답했습니다. 나는 인형을 들고 안으로 들어왔습니다.

"엄마 이것 봐. 아저씨가 이것 나 줬어. 아저씨가 오늘 기차 타고 먼 데루 간대."

어머니는 대답이 없으십니다.

"엄마, 아저씨 왜 가우?"

"학교 방학했으니까 가지."

"어데루 가우?"

"아저씨 집으루 가지 어데루 가."

"아저씨 인제 갔다가 또 오우?"

어머니는 대답이 없으셨습니다.

"난 아저씨 가는 거 나쁘다."

하고 입을 쫑깃했으나 어머니는 그 말은 대답 않고,

"옥희야, 장에 가서 닭알 몇 알 남았나 보아라."

하고 말씀하셨습니다.

나는 깡충깡충 방 안으로 들어섰습니다. 닭알은 여섯 알 있었습니다.

"여섯 알."

하고 나는 소리쳤습니다.

"응, 다 가지고 이리 나오너라."

어머니는 그 닭알 여섯 알을 다 삶았습니다. 그 삶은 닭알 여섯 알을 손수건에 싸 놓고, 또 반지에 소금을 조금 싸서 한 귀퉁이에 넣었습니다.

"옥희야, 너 이것 갖다 아저씨 드리구 가시다가 찻간에서 잡수시랜다구, 응."

그날 오후에 아저씨가 떠나간 다음, 나는 방에서 아저씨가 준 인형을 업고 자장자장 잠을 재우고 있었습니다. 어머니가 부엌에서 들어오시더니,

"옥희야, 우리 뒷동산에 바람이나 쐬러 올라갈까?"

하십니다.

"응, 가 가."

하면서 나는 덤비었습니다.

잠깐 다녀올 터이니 집을 보고 있으라고 외삼촌에게 이르고, 어머니는 내 손목을 잡고 나섰습니다.

"엄마, 나 저 아저씨가 준 인형 가지구 가?"

"그러렴."

나는 인형을 안고 어머니 손목을 잡고 뒷동산으로 올라갔습니다. 뒷동산에 올라가면 정거장이 빤히 내려다보입니다.

"엄마, 저 정거장 보아. 기차는 없군."

어머니가 아무 말씀도 없이 가만히 서 계십니다. 사르르 바람이 와서 어머님 모시 치맛자락을 산들산들 흔들어 주었습니다. 그렇게 산 위에 가만히 서 있는 어머니는 다른 때보다도 더 한층 예뻐 보였습니다.

저—편 산모퉁이에서 기차가 나타났습니다.

"아, 저기 기차 온다."

하고 나는 좋아서 소리쳤습니다.

기차는 정거장에 잠시 머물더니 금시에 뻑 하고 소리를 지르면서 움직입니다.

"기차 떠난다."

하고 나는 손뼉을 쳤습니다. 기차가 저편 산모퉁이 뒤로 사라질 때까지, 그리고 그 굴뚝에서 나온 연기가 하늘 위로 모두 흩어져 없어질 때까지, 어머니는 서서 그것을 바라보았습니다.

뒷동산에서 내려와서 어머니는 방으로 들어가시더니, 이때까지 뚜껑을 늘 열어 두었던 풍금 뚜껑을 닫으십디다. 그러고는 거기 쇠를 채우고 그 위에다가 이전 모양으로 반지 그릇을 얹어 놓으십디다. 그러고는 그 옆에 있는 찬송가를 맥없이 들고 뒤적뒤적 하시더니, 빳빳 마른 꽃송이를 그 갈피에서 집어내시더니,

"옥희야, 이것 내다 버려라."

하고 그 마른 꽃을 내게 주었습니다. 그 꽃은 내가 유치원에서 갖다가 어머니께 드렸던 꽃입니다. 그러자 옆대문이 삐걱 하더니,

"닭알 사려우."

하고 매일 오는 닭알 장수 노친네가 닭알 버주기를 이고 들어왔습니다.

"인젠 우리 닭알 안 사요. 닭알 먹는 이가 없어요."

하시는 어머님의 목소리는 맥이 한 푼어치도 없더군요.

나는 어머니의 이 말씀에 놀라서 떼를 좀 써 보려 했으나, 석양에 뻔히 비춰는 어머니 얼굴을 볼 때 그 용기가 없어지고 말았습니다. 그래서 아저씨가 주신 인형 귀에다가 내 입을 갖다 대고 가만히 속삭였습니다.

"얘, 우리 엄마두 거짓부리 썩 잘하누나. 내가 닭알 좋아하는 줄 잘 알면서두 생 먹을 사람이 없대누나. 내가 사 내라구 떼를 좀 쓰

구 싶지만, 저 우리 엄마 얼굴 좀 봐라. 어쩌문 저리두 새파래졌을까! 아마 어데가 아픈가 부다."
라고요.

*《조광》 1935년 11월호에 실린 것을 바탕으로 함.

어휘풀이

갈피 겹치거나 포갠 물건의 하나하나의 사이. 또는 그 틈.
강대 책 따위를 올려놓고 강의나 설교를 할 수 있도록 만든 도구.
거짓부리 '거짓말'을 속되게 이르는 말.
고로 까닭에.
골 비위에 거슬리거나 언짢은 일을 당하여 벌컥 내는 화.
골리다 상대편을 놀려 약을 올리거나 골이 나게 하다.
골몰 다른 생각을 할 여유도 없이 한 가지 일에만 파묻힘.
공연히 아무 까닭이나 실속이 없게. 괜히.
권세 권력과 세력을 아울러 이르는 말.
귀애 귀엽게 여겨 사랑함.
금시 바로 지금.
내외 남녀 사이에 서로 얼굴을 마주 대하지 않고 피함.
댕기 길게 땋은 머리 끝에 드리는 장식용 헝겊이나 끈.
도깨비가 들렸다 '도깨비에 씌었다'는 말로 '엉뚱한 짓을 했다'는 뜻.
동무 늘 친하게 어울리는 사람.
망측하다 정상적인 상태에서 어그러져 어이가 없거나 차마 보기가 어렵다.
멀거니 정신없이 물끄러미 보고 있는 모양.
반지 얇고 흰 일본 종이.
발각발각 책장이나 종잇장 따위를 잇따라 넘기는 소리. 또는 그 모양.
백지장 핏기가 없이 창백한 얼굴빛을 이르는 말.
버주기 조금 깊고 아가리가 벌어진 큰 그릇.
법석 소란스럽게 떠드는 모양.
보름께 보름 무렵.
본집 따로 나와서 살기 이전의 집.
부지중 알지 못하는 동안.
비슬비슬 흐느적흐느적 힘없이 자꾸 비틀거리는 모양.
뻐개다 양쪽으로 갈라지게 하다.
사랑방 집의 안채와 떨어져 있는, 바깥주인이 살면서 손님을 맞는 방.
사랑손님 사랑방에 묵고 있는 손님.
사붓이 소리가 거의 나지 않을 정도로 발을 가볍게 얼른 내디디는 모양.
석양 저녁때의 햇빛. 또는 저녁때의 저무는 해.
수선 급히 서두르거나 시끄럽게 떠들어 사람의 정신을 어지럽게 만드는 말이나 행동.

앙갚음 남이 자기에게 해를 준 대로 자기도 그에게 해를 줌.
어렴풋하다 잠이 깊이 들지 않고 의식이 있는 듯 만 듯 하다.
예배당 '교회'를 가리키던 옛말.
예사 보통 있는 일.
외딸 다른 자식 없이 단 하나뿐인 딸.
윗목 온돌방에서 아궁이로부터 먼 쪽의 방바닥.
유복녀 태어나기 전에 아버지를 여읜 딸.
으레 두말할 것 없이 당연히.
일용 날마다 씀.
자리옷 잠옷.
잔심부름 여러 가지 자질구레한 심부름.
장지문 연이어 있는 방 또는 방과 마루 사이에 있는 미세기 문. 한옥에서 주로 큰 방을 둘로 나눌 때 많이 설치한다. (미세기 : 두 짝을 한 편으로 밀어 겹쳐지게 여닫는 문)
쨈병 '형편없는 것'을 속되게 이르는 말.
지전 지폐.
찬미 아름답고 훌륭한 것이나 위대한 것 따위를 기리어 칭송함.
창가 갑오개혁 이후에 생긴 근대 음악 형식의 하나. 서양 악곡의 형식을 빌려 지은 간단한 노래다.
코빼기 '코'를 속되게 이르는 말.
코빼기도 못 보다 도무지 나타나지 않아 전혀 볼 수가 없다.
툴툴하다 마음에 차지 않아서 몹시 투덜거리다.
파하다 일과가 끝나다.
풍금 페달을 밟아서 바람을 넣어 소리를 내는 건반 악기.
하숙 방값과 음식값을 얼마씩 내고 남의 집에 머물면서 먹고 자고 하는 것.
혀를 까불다 가볍고 조심성 없이 함부로 말하다.
화냥년 자기 남편이 아닌 남자와 정을 통한 여자.

깊게 읽기

묻고 답하며 읽는
〈사랑손님과 어머니〉

배경

인물·사건

작품

1_ 옥희의 시절

'사랑손님'은 어떤 사람인가요?
'내외'가 무슨 뜻인가요?
옥희는 왜 그렇게 자주 우나요?
옥희 아버지는 어떤 사람이었을까요?

2_ 사랑손님의 사랑

사랑 아저씨는 왜 옥희에게 잘해 주나요?
옥희 어머니는 왜 그렇게 달걀을 많이 사나요?
사랑 아저씨는 왜 예배당에 갔나요?
옥희 어머니는 왜 풍금을 다시 치나요?
사랑 아저씨와 옥희 어머니는 서로에게 어떤 마음인가요?

3_ 어머니의 이별

여자가 재혼하면 왜 세상이 욕을 하나요?
옥희 어머니는 왜 '시험에 들지 말게'를 되풀이하나요?
옥희 어머니는 왜 풍금을 치지 않나요?
옥희 어머니는 재혼을 안 한 건가요, 못한 건가요?
이 소설의 주인공은 누구인가요?

주제

'사랑손님'은 어떤 사람인가요?

'사랑손님'은 '사랑방에 묵고 있는 손님'이나 '남자 손님'이라는 뜻이에요. 이 소설에서는 '사랑방에 하숙을 하게 된 아저씨'를 가리키는 것이고요.

예전에는 한집에 살면서도 집 안을 남자들 공간과 여자들 공간으로 나눠서 썼어요. 사랑방은 침실, 서재, 응접실로 쓰이던 남자들 공간이에요. 남자 손님이 오면 안방이 아니라 사랑방에 모셔서 접대를 했지요. 여자 손님이 오면 안방으로 모셨고요.

또 사랑방은 학문적인 얘기를 주고받거나 새로운 사람을 만나고 세상 돌아가는 것에 관한 생각을 나누는 곳으로도 쓰였어요.

어른과 그보다 나이 어린 사람이 사랑방에서 함께 생활한다면, 그 공간을 다시 나눠서 썼어요. 그래서 이 소설에서도 손윗사람인 사랑손님이 윗방을 쓰고, 손아랫사람인 옥희 외삼촌이 아랫방을 쓰게 되는 거예요.

사랑방이나 사랑채가 어느 집에나 있었던 것은 아니에요. 따로 방이나 집을 만들어야 하기 때문이죠. 그래서 형편이 좀 나은 집에만 있었어요. 그런 집에서는 사랑채를 따로 짓고 큰사랑방과 작은사랑방을 두었어요. 이때 보통 큰사랑방은 아버지가, 작은사랑방은 큰아

들이 썼죠. 그냥 방만 나누는 정도가 아니었어요. 방의 크기, 천장 높이, 가구 배치 같은 것도 다르게 해서 큰사랑방의 품격을 작은사랑방보다 높게 했답니다.

'내외'가 무슨 뜻인가요?

"그러니 어짜갔니. 너밖에 사랑 출입할 사람이 어데 있니?"
"누님이 좀 상 들고 나가구려. 요새 세상에 내외하십니까?"
어머니는 갑자기 얼굴이 빨개지시고 아무 대답도 없이 그냥 외삼촌에게 향하여 눈을 흘기셨습니다. 그러니까 외삼촌은 웃으면서 사랑으로 나갔지요.

'내외'는 '남녀 사이에 서로 얼굴을 마주 대하지 않고 피함.'이라는 뜻이에요.

이 소설의 배경이 되었던 1930년대는 조선 시대의 모습과 서양에서 들어온 새로운 모습이 함께 섞여 있던, 약간은 혼란스러운 시대예요. 그래서 어떤 상황을 바라보는 사람들의 시각도 여러 가지였죠. '내외'에 대한 사람들 반응도 여러 가지였어요.

옥희 어머니는 아저씨 밥상을 외삼촌에게 들려 보내고, 옥희를 통해 아저씨와 편지를 주고받아요. 이런 것을 보면, 옥희 어머니는 남녀 간에 내외를 해야 한다고 생각하는 사람이에요. 그러나 외삼촌은 "요새 세상에 내외하십니까?"라고 하며 '자유연애'에 대한 생각을 보여 주지요.

당시는 자유연애를 주장하며 앞서 나간 생각을 가진 사람도 있었지만, 여전히 많은 사람들 머릿속에는 '남녀칠세부동석(일곱 살만 되면 남녀가 한자리에 같이 앉지 아니한다는 옛 가르침)'이라는 생각이 자리 잡고 있었어요.

예전에는 남자와 여자의 만남을 엄격히 구분했어요. 지금처럼 한 교실에서 이야기하고, 수업을 받고, 급식소에서 함께 밥을 먹는 것 같은 일들은 상상할 수도 없었던 일이었지요.

그럼 소설 속에서 내외하는 모습들을 살펴볼까요?

내가 처음 얼마 동안은 유치원에 갈 때나 올 때나 외삼촌이 바래다주었습니다. 그러나 여러 밤을 자고 난 뒤에는 나 혼자도 넉넉히 다니게 되었어요. 그러나 언제나 유치원에서 돌아오는 때이면 어머니가 옆 대문(우리 집에는 대문이 사랑대문과 옆대문 둘이 있어서 어머니는 늘 이 옆대문으로만 출입하시는 것이었습니다.) 밖에 기다리고 섰다가 내가 달음질쳐 가면 안고 집 안으로 들어가곤 하는 것이었습니다.

하루는 밤에 아저씨 방에서 놀다가 졸려서 안방으로 들어오려고 일어서니까 아저씨가 하—얀 봉투를 서랍에서 꺼내어 내게 주었습니다.

"옥희, 이거 갖다 엄마 드리고, 지나간 달 밥값이라고, 응?"

"이 손수건 저 사랑 아저씨 손수건인데, 이것 아저씨 갖다 드리고 와 응. 오래 있지 말고 손수건만 갖다 드리고 이내 와 응."
하고 말씀하십니다.
손수건을 들고 사랑으로 나가면서 나는 그 손수건 접이 속에 무슨 발각발각하는 종이가 들어 있는 것처럼 생각되었습니다마는, 그것을 펴 보지 않고 그냥 갖다가 아저씨에게 주었습니다.

남자는 하늘? 여자는 땅?

조선 시대에 남자와 여자는 태어날 때부터 죽음을 맞이할 때까지 엄격하게 구분되었다고 해요.

갓난아이
남자아이는 상 위에 눕히고 옥을 주어 놀게 하고, 여자아이는 바닥에 눕히고 기와를 가지고 놀게 했어요.

교육
남자는 서당에 들어가서 스승을 맞아 예의를 배우고 익혔어요. 여자는 집 안에 머물러야 하며, 문 밖에 나가는 것을 적게 하고, 어른의 말에는 무조건 따르도록 배웠어요. 남자에게는 장래의 사회 활동에서 그 책임을 다하는 데 필요한 넓은 지식을 배우도록 했어요. 여자는 역대 나라 이름과 조상 이름 정도나 알면 되었어요. 남자는 글을 모르는 것이 부모를 욕되게 하는 일이었지만, 여자는 책을 좋아하거나 글솜씨가 있으면 기생으로 오해를 받을까 봐 두려워 오히려 피했다고 해요.

김홍도의 〈서당〉

일상생활
집의 구조가 안채와 사랑채로 나뉘고 가운데 중문이 있어 특별한 경우를 제외하고는 중문을 넘어가지 않았어요. 여자는 외출할 때 반드시 얼굴을 가려야 했어요. 길을 걸을 때도 남자는 오른쪽 여자는 왼쪽으로 다니게 했답니다.
남자와 여자는 섞여 앉지 않고, 수건이나 빗을 같이 쓰지 않으며, 물건을 직접 주고받지도 않았어요. 또 남자는 바깥일을 여자와 의논하지 않았고, 여자도 집안일을 남자에게 이야기하지 않았어요.

신윤복의 〈장옷 입은 여인〉

남녀의 사회적 위상이 달랐음을 보여 주는 속담과 한자성어
- 암탉이 울면 집안이 망한다 가정에서 아내가 남편을 제쳐 놓고 떠들고 간섭하면 집안일이 잘 안 된다.
- 여자는 높이 놀고 낮이 논다 여자는 시집을 가고 못 감에 따라 귀해지기도 하고 천해지기도 한다.
- 여편네 팔자는 뒤웅박 팔자 뒤웅박의 끈이 떨어지면 어찌할 도리가 없듯이, 여자의 운명은 남편에게 매인 것이나 다름없다.
- 여자는 사흘을 안 때리면 여우가 된다 여자는 간사한 짓을 부리기 쉽다.
- 여자는 제 고을 장날을 몰라야 팔자가 좋다 여자는 집 안에서 살림이나 하고 사는 것이 가장 행복하다.
- 여자가 글을 배우면 시아버지 상투를 잡고 흔든다 여자는 글을 배워도 쓸 곳이 바람직하지 않으니 글을 배울 필요가 없다.

- 남존여비 사회적 지위나 권리에 있어 남자를 여자보다 특별히 잘 대우하고 존중함을 이르는 말.
- 부부유별 남편과 아내 사이에 마땅히 해야 할 바른 길은 서로 침범하지 않아야 한다는 말.
- 남녀유별 남자와 여자 사이에 분별이 있어야 함을 이르는 말.
- 출가외인 시집을 간 딸은 남과 같다는 뜻으로 이르는 말.
- 여필종부 아내는 반드시 남편을 따라야 한다는 말.
- 미망인 '아직 따라 죽지 못한 사람'이라는 뜻으로, 남편이 죽었으나 따라 죽지 못한 여인을 가리키는 말.
- 삼종지도 여자가 따라야 할 세 가지 도리, 즉 어려서는 아버지를, 결혼해서는 남편을, 남편이 죽은 다음에는 아들을 따라야 함을 이르는 말.
- 칠거지악 아내를 내쫓을 수 있는 이유가 되었던 일곱 가지 허물. 시부모에게 불손함, 자식이 없음, 행실이 음탕함, 남편이 다른 여인을 만나는 것을 질투함, 몹쓸 병을 지님, 말이 지나치게 많음, 도둑질을 함 등이다.

옥희는 왜 그렇게 자주 우나요?

소설 첫머리에서 옥희는 "여섯 살 난 처녀애."라고 하며 자신을 자못 성숙한 모습으로 소개해요. 그러나 옥희는 여섯 살 먹은 어린아이일 뿐이에요. 옥희는 아빠 없이도 명랑하고 쾌활하게 잘 지내지만, 아이답게 자신의 감정을 우는 모습으로 보여 줘요. 하지만 우는 까닭은 조금씩 달라요.

"난 아저씨가 우리 아빠라면 좋겠더라."

아저씨와 뒷동산에 올라갔다 오다가 만난 동무들이 아저씨를 옥희 아빠라고 오해해요. 아빠 없이도 잘 지내던 옥희가 갑자기 자기는 다른 애들과 달리 아빠가 없다는 사실을 느꼈어요. 그래서 자기에게 잘해 주는 아저씨가 아빠였으면 좋겠다고 말하죠. 옥희는 단지 자기 소망을 말했을 뿐인데 아저씨 반응은 옥희 기대와는 사뭇 달라요. 떨리는 목소리로 "그런

소리 하면 못써."라고 하지요. 아저씨 얼굴색이 변하고 목소리가 떨리자 옥희는 자기 때문에 성난 것으로 오해하고 웁니다. 아저씨는 어머니와 관계를 생각해서 그렇게 말했고, 또 부끄럽기도 하고 당황스럽기도 해서 그런 거예요.

옥희의 울음은 이것을 이해하지 못하는 어린아이다운 모습이지요. 한편으로는 옥희가 귀엽기도 하고 또 한편으로는 아버지 없는 옥희가 가엽기도 해요.

왜 모두들 그리 성이 났는지. 나는 그만 '으아' 하고 한번 울고 싶었어요.

옥희는 어머니를 따라 예배당에 온 아저씨를 발견하고는 반가운 마음에 어머니에게 알려 주었어요. 그러나 어머니는 모르는 척해요. 게다가 알려 준 옥희를 꼼짝 못하게 잡아당기고요. 그저 똑바로 앉아 있는 두 사람은 반갑다는 인사도 없이 뻣뻣합니다. 남들 시선에 신경 쓰는 아저씨와 어머니의 부자연스러운 모습이지요. 이걸 모르는 옥희는 두 사람이 성을 내는 것처럼 보여요. 그래서 괜히 울고 싶어집니다. 그러나 유치원 선생님이 보면 창피하니까 울음을 억지로 참아요. 어른들 세계를 이해하지 못하는 어린아이의 귀여운 모습이 잘 드러나 있어요.

어두컴컴하고 좁고 덥고……. 나는 갑자기 무서운 생각이 나서 엉엉 울기 시작했지요.

옥희는 자기를 기다려 주지 않은 엄마를 골려 주려 벽장에 들어갔어요. 벽장문 밖으로 엄마가 자기를 찾는 소리를 들으며 재미있어 하는데 까무룩 잠이 들어 버렸어요. 이윽고 깨어났어요. 그런데 옥희는 자기가 왜 좁고 덥고 컴컴한 곳에 누워 있는지를 몰라요. 그래서 무서워서 울어요. 울음소리에 옥희를 발견한 어머니는 마음을 졸였던 것에 화가 나 옥희 엉덩이를 때려요. 정말 무서워서 울었을 뿐인데 어머니가 위로해 주기는커녕 엉덩이를 때렸으니 옥희는 억울하고 당황스러워서 더 우는 것이지요.

"어머니, 왜 울어?" 하고 나도 훌쩍거리면서 물었습니다.

풍금을 치며 마음을 정한 어머니는 눈물을 흘려요. 새로운 사랑을 포기하기로 마음먹은 거예요. 그래서 우는데 그걸 바라본 옥희가 따라 울어요. 어린아이들은 남들이 하면 곧잘 따라 하잖아요. 옆 친구들이 웃으면 같이 웃고, 울면 같이 울고요. 그런 것처럼 어머니의 울음이 옥희에게 전염된 거예요.

"옥희, 이것 가져. 응. 옥희는 아저씨 가구 나문 아저씨 잊어버리구 말겠지?"
나는 갑자기 슬퍼졌습니다.

아저씨가 떠나 갈 시간이 되었어요. 아저씨가 인형을 주면서 자기를 금방 잊을 거라고 하지만 옥희는 슬퍼요. 아빠처럼 느껴지던 아저씨였는데 이제 가 버리면 더 이상 그림책을 보여 줄 사람도, 어머니에 대해 묻는 사람도, 달걀을 챙겨 주는 사람도 없게 되겠지요. 그때 느낄 외로움은 아저씨가 오기 전보다 훨씬 더 커질 거라는 걸 느끼고 있는 것 같아요.

옥희 아버지는 어떤 사람이었을까요?

 옥희 아버지는 왜 돌아가신 걸까요? 결혼한 지 일 년 만에 돌아가셨다고 하니 참 마음이 아프네요. 아마도 많이 아프셨거나 불행한 사고로 돌아가셨을 거예요.
 옥희 아버지는 먹고사는 데 문제없는 넉넉한 집안에서 자란 사람인 것 같아요. 그리고 소학교 선생님으로 와서 옥희 어머니를 만나게 된 겁니다. 옥희 아버지는 마을에서 한 십 리쯤 떨어진 곳, 밤나무가 있는 조그만 산골짜기에 가족이 먹고살 땅을 남겨 놓았어요. 옥희와 옥희 어머니가 가서 닭고깃국을 먹고 온 곳이지요. 옥희네는 거기에서 거두어들이는 곡식으로 살아가요. 그래서 경제적으로 큰 어려움이 없답니다.
 아버지는 다정다감하고 세심한 성품이었고, 어머니를 많이 사랑했어요. 그리고 당시에 신혼부부들이 무척 갖고 싶어 하던 풍금을 어머니에게 사 주셨어요. 어머니가 예쁜 모습으로 풍금을 치는 것을 좋아했나 봅니다. 아마도 아버지는 어머니에게 풍금을 직접 가르쳐 주셨을 거예요. 어머니는 아버지가 돌아가신 지 6년이 지나도록 가슴에 품고 살아요. 돌아가신 뒤에 풍금을 한 번도 열어 보지 않고, 마음에만 담아서 아버지를 생각한 것이지요.

아버지는 어머니와 결혼하고 나서 함께한 세월이 일 년밖에 안 되지만, 어머니 마음에 크게 자리 잡고 있어요. 그러니 죽은 사람이니까 잊어야 한다는 외할머니의 잔소리를 들을 때면 무척 괴로운 심정이었을 겁니다. 아버지의 사진도 책상 위에 놓아두었다가 외할머니 잔소리 때문에 없어졌어요. 그리고 어머니는 가끔 윗목 장롱문을 열어 아버지 옷을 하나씩 꺼내 쓸어 보곤 합니다. 아버지는 풍금과 사진, 옷 들을 통해 아직도 어머니의 마음 한구석을 차지하고 있어요.

아버지는 옥희가 태어나는 것을 보지 못하고 돌아가셨어요. 옥희가 태어나기 전에 돌아가셔서 사람들이 옥희를 '유복녀'라고 말하잖아요. 옥희는 사진을 통해서 아버지를 만났어요. 사진 속의 아버지는 참말로 훌륭한 얼굴이에요. 옥희는 아버지가 살아 계신다면, 세상에서 가장 잘난 분일 거라고 생각해요. 아버지도 하늘나라에서 옥희를 보면서 마음이 무척 아프실 거예요.

사랑 아저씨는 왜 옥희에게 잘해 주나요?

나는 그 아저씨가 어떤 사람인지는 몰랐으나, 내게는 퍽 고맙게 굴고 또 나도 그 아저씨가 꼭 마음에 들었어요. 어른들이 저희끼리 말하는 것을 들으니까, 그 아저씨는 돌아가신 우리 아버지와 어렸을 적 친구라구요. 어데 먼 데 가서 공부를 하다가 요새 돌아왔는데, 우리 동리 학교 교사로 오게 되었대요. 또 우리 큰외삼촌과도 친구인데, 이 동리에는 하숙도 별로 깨끗한 곳이 없고 해서 우리 사랑으로 와 계시게 되었다구요. 또 우리도 그 아저씨에게서 밥값을 받으면 살림에 보탬도 좀 되고 한다구요.

사랑 아저씨가 옥희네 집에 온 첫날 옥희는 무척 신이 났어요. 그 낯선 아저씨가 퍽 고맙고 자기 마음에 꼭 들었거든요. 또 사랑 아저씨는 옥희를 보자마자 이렇게 말합니다.

"아, 그 애기 참 곱다. 자네 조카딸인가?"
"옥희 이리 온, 응! 그 눈은 꼭 아버지를 닮았네그려."

이미 옥희의 존재를 알고 있는 것 같네요.

　사랑 아저씨는 옥희가 놀러 가면 무릎에 앉히고 그림책을 보여 줍니다. 과자도 주지요. 달걀을 좋아한다는 말에 밥상에 올라온 달걀을 챙겼다가 주기도 하고요. 실제로 달걀을 좋아하는지는 모르겠지만, 옥희가 좋아한다니까 자기도 좋아한다고 말하지요. 옥희가 거의 매일 놀러 가도 귀찮은 기색 하나 없이 자상하게 대해 줍니다. 그리고 옥희에게 어머니에 대해 이거저것 물어봅니다.
　왜 그랬을까요? 옛 친구 딸이어서 그런 걸까요? 옥희가 귀여워서일 수도 있지만, 다른 마음도 있지 않았을까요?
　사랑 아저씨가 옥희네 집을 하숙으로 정하고 들어올 때, 이미 옥희나 옥희 어머니 사정을 동무인 옥희 큰외삼촌한테 들었을 거예요. 그리고 옥희 큰외삼촌이 사랑 아저씨를 옥희네 집에 소개하면서 단순

하게 하숙 손님으로만 생각하진 않았겠지요. 옥희 외할머니는 물론 옥희 어머니와도 의논을 했을 테고요.

옥희 큰외삼촌 입장에서 생각해 보면, 결혼한 지 일 년도 채 안 되어 남편을 잃고 딸 하나 데리고 사는 누이(옥희 어머니) 처지가 늘 마음에 걸렸을 겁니다. 언제까지나 과부로 혼자 살게 그냥 둘 수 없는 일이었겠지요. 옥희 외할머니 또한 딸의 처지를 가슴 아파하며, 새 출발을 했으면 하는 바람이 컸을 거예요. 그래서 옥희네 집에 올 때마다 옥희 어머니에게 그런 얘기를 했을 테고, 책상 위에 놓여 있던 옥희 아버지 사진도 치우라고 했겠지요. 그런 바람을 옥희 큰외삼촌에게도 자주 얘기했을 테고요.

마침 옥희 아버지 어릴 적 친구인 사랑 아저씨가 유학을 마치고 이 동리 교사로 오게 됩니다. 결

혼을 하지 않았을뿐더러 큰외삼촌과도 서로 잘 알고 있는 동무 사이지요. 옥희 큰외삼촌은 무슨 생각을 했을까요? 사랑 아저씨가 옥희 어머니와 결혼을 하면 좋겠다는 생각이 들지 않았을까요? 아마 이런 얘기들이 사랑 아저씨가 옥희네 집에 들어오기 전에 어른들끼리 오갔을 수도 있어요. 그리고 사랑 아저씨에게 옥희 어머니 처지와 옥희 이야기를 하면서 두 사람의 미래를 은근히 허용해(?) 주었을 테지요.

그러니까 사랑 아저씨도 옥희네 집에 하숙을 들면서 옥희 어머니를 마음속에 두었을 거라는 말입니다. 옥희 어머니에게 좋은 인상도 주고 싶었을 테고, 관심도 보이고 싶었을 거예요. 그런데 옥희 어머니는 내외하는 전통적인 관습에서 벗어나지 못했어요. 한집에 살면서도 서로 마주치기는커녕 얼굴도 못 봐요.

그런데 옥희가 매일 놀러 오네요. 사랑 아저씨는 옥희가 귀여워서 놀아 주기도 했겠지만, 옥희 어머니에게 좋은 인상을 남기고 싶어서 그러진 않았을까요? 그래서 옥희가 매일 놀러 가도 귀찮아하지 않고 오히려 옥희를 통해 옥희 어머니에게 관심을 보이는 것이고요.

"옥희 눈은 아버지를 닮았다. 고 고운 코는 아마 어머니를 닮았지. 고 입하고. 그러냐 안 그러냐? 어머니도 옥희처럼 곱지?"

"요 저구리 누가 해 주디? …… 밤에 엄마하구 한 자리에서 자니?"

이렇게 말이죠.

옥희 어머니는 왜 그렇게
달걀을 많이 사나요?

"어머니 어머니, 사랑 아저씨두 나처럼 삶은 닭알을 제일 좋아한대."
하고 소리를 질렀지요.
"떠들지 말어."
하고 어머니는 눈을 흘기십니다.
그러나 사랑 아저씨가 닭알을 좋아하는 것이 내게는 썩 좋게 되었어요. 그다음부터는 어머니가 닭알을 많이씩 사게 되었으니까요. 닭알 장수 노친네가 오면 한꺼번에 열 알두 사구 스무 알두 사구 그래선 삶아서 아저씨 상에두 놓구, 또 으레 나도 한 알씩 주구 그래요.

옥희 어머니가 달걀을 사는 까닭은 뻔해요. 사랑 아저씨가 달걀을 좋아하기 때문이죠. 하지만 우리가 관심을 둘 부분은, 달걀을 살 때 옥희 어머니 마음이 어떤가 하는 거예요. 그렇게 본다면, 옥희 어머니가 달걀을 많이 사는 까닭은 하숙을 하는 손님에 대한 배려 때문이 아니라 사랑 아저씨에 대한 좋은 감정 때문이 아닐까요?

일단 '하숙'이라는 것이 '방값과 음식값을 내고 남의 집에 머물면서 먹고 자는 것'이기에, 옥희 어머니 입장에서는 하숙을 하는 사랑손님 밥상에 무슨 반찬을 올려야 할지 고민을 했을 거예요. 다행히 옥희가

'사랑 아저씨도 삶은 달걀을 좋아한다'는 정보를 전해 주어서 반찬 걱정을 조금 덜 수 있었겠지요.

하지만 1930년대에 삶은 달걀은 아무나 먹을 수 없는 비싼 음식이었어요. 당시 닭 한 마리 값이 2원이었는데, 이는 쇠고기 2.4킬로그램 가격과 맞먹었어요. 그리고 달걀 열 개 값이 쇠고기 600그램 값과 비슷했다고 하네요. 보통 우리가 식당에서 고기를 시켜 먹을 때 1인분에 200그램 정도인 것을 생각하면, 달걀 열 개가 쇠고기 3인분과 같은 값이었던 거죠.

옥희 어머니는 이렇게 비싼 달걀을 한꺼번에 열 알, 스무 알씩 사요. 하숙을 하는 손님에 대한 정성이라고 보기에는 좀 과한 것 같다는 생각이 드네요. 상대방이 좋아하는 것을 해 주는 것은 상대방에게 좋은 감정이 있을 때 가능해요. 따라서 달걀에는 사랑 손님에 대한 옥희 어머니의 관심과 애정이 담겨 있다고 생각해 볼 수 있겠네요.

시대별 인기 명절 선물

1950년대
달걀, 생닭, 햅쌀, 돼지고기

1960년대
설탕, 비누, 조미료, 아동복, 내의

1970년대
식용유, 비누 세트, 커피 세트,
석유 곤로, 고급 내의

1980년대
양말 세트, 지갑과 벨트, 비누 세트, 정육 세트, 과일

1990년대
상품권, 영지버섯, 꿀, 인삼, 과일

2000년대
상품권, 갈비, 건강식품, 와인, 게임기

사랑 아저씨는 왜 예배당에 갔나요?

사랑 아저씨가 예배당에 간 까닭은, 마음에 두고 있는 옥희 어머니를 공개적으로 마음껏 보고 싶어서입니다.

 사랑 아저씨는 집에서 옥희 어머니와 다정하게 앉아 이야기를 나눌 수 없었어요. 집에서 두 사람이 만나려면 사랑손님이 안방으로 가든지, 옥희 어머니가 사랑으로 가야 해요. 하지만 그렇게 하면 남의 눈에 확 띄겠죠. 그러니 집에서는 마음 놓고 보거나 얘기할 수가 없었어요.

 그러나 예배당에서는 남녀가 같은 공간 안에 있을 수 있었어요. 물론 남자 자리와 여자 자리가 나뉘어 있었지만, 남녀의 시선까지 나눠 놓지는 않았으니까요. 게다가 예배당에서 얘기하는 내용도 남녀를 구별하기보다는 남녀 관계를 좀 더 자유롭고 평등하게 바라보는 쪽이었어요. 그러니 사랑손님이 마음 편하고 자유롭게 옥희 어머니를 바라볼 수 있는 곳으로 갈 수밖에요.

예배당에서 어떻게 남녀 좌석을 구분했을까요?

예배당은 교회당 또는 교회라고도 해요. 기독교가 우리나라에 처음 들어왔을 때 예배당은 남자 자리와 여자 자리가 엄격하게 구분되어 있었어요. 이뿐만 아니라 출입문도 달랐어요.

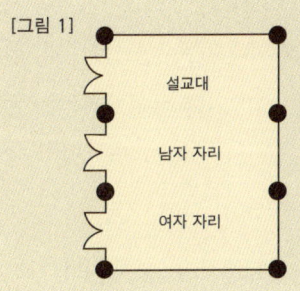

[그림 1]

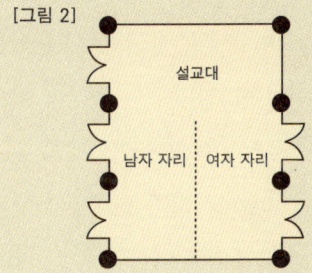

[그림 2]

처음에는 남자가 설교대에 가까운 앞쪽에 앉고, 그 뒤쪽에 여자가 앉는 구조였다가(그림 1) 남자와 여자가 좌우로 나란히 앉되, 남자 자리와 여자 자리 사이에 휘장을 두르는 형태로(그림 2) 바뀌었어요. 더 엄격하게 분리한 모습은 '그림 3'처럼 'ㄱ'자 형태로 분리한 거예요. 출입문도 물론 각각이에요. 그러나 남자와 여자가 분리된 형태의 자리 배치는 1919년 1월부터 차차 사라져요. 현관을 중앙에 배치하고 가운데 휘장을 없애면서 남자와 여자의 엄격한 분리는 사라진 것이에요.

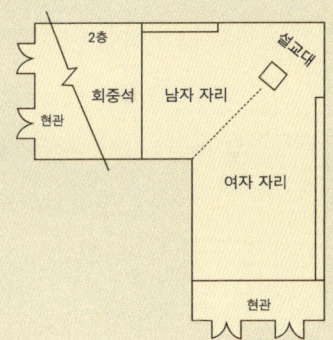

[그림 3]

1935년에 발표된 소설이니 당시로 생각해 본다면 '그림 2'와 비슷한 구조이면서 가운데 휘장이 없는 형태라고 추측할 수 있어요.

옥희 어머니는 왜 풍금을 다시 치나요?

옥희 어머니에게 '풍금'은 아주 소중한 물건이에요. 이 소설의 시대적 배경인 1930년대에는 풍금이 아주 귀했어요. 옥희 아버지는 그렇게 귀한 풍금을 옥희 어머니에게 사 준 거죠. 그리고 둘이 함께 풍금에 앉아서 연주를 하며 노래를 불렀을 거예요.

옥희가 보기에 어머니는 유치원 선생님보다 풍금을 잘 칩니다. 노래도 곱게 잘 부르고요. 그런데 왜 옥희 어머니는 그동안 한 번도 풍금을 치지 않았을까요? 옥희 어머니는 이렇게 말해요. "네 아버지 돌아가신 후에는 그 풍금은 이때까지 뚜껑도 한 번 안 열어 보았다……"라고. 맞아요, 풍금은 옥희 어머니에게 죽은 남편을 떠올리게 하는 물건이에요. 그래서 그동안 차마 열 수 없었던 것이죠.

그런데 이제 옥희 어머니가 풍금을 열고 연주하며 노래를 불러요. 그동안 닫혀 있던 마음이 사랑 아저씨 때문에 다시 조금씩 열리게 된 것이죠.

옥희가 어머니를 속상하게 한 일이 미안해서 선생님 책상에 놓인 꽃을 갖다 주는 장면을 기억하나요? 어디서 난 꽃이냐는 어머니의 말에 옥희는 혼날까 봐, 아저씨가 준 꽃이라고 거짓말을 해 버려요. 이

때 어머니는 얼굴이 빨개지고 화를 내지요? 다시 이런 것 받아 오면 안 된다고……. 하지만 그 꽃이 어떻게 되었는지 우린 알지요. 어머니는 꽃을 풍금 위에 놓아둡니다. 그리고 그 꽃이 시들자 말려서 책 사이에 끼워서 보관해요. 옥희 어머니는 그 꽃을 '아저씨의 마음'으로 여기고 있는 것 같아요.

그렇다면 옥희 어머니는 풍금으로 어떤 곡을 연주했을까요?

소설에서 옥희 어머니는 아름다운 곡을 치기도 하고, 풍금을 치다가 울기도 해요. 옥희 어머니 마음에 따라 연주하는 곡이 달라질 뿐, 소설에 나오는 아름다운 곡이 정확히 어떤 곡인지 알 수 없어요. 영화 〈사랑방 손님과 어머니〉(조문진 감독, 1978)에서는 달빛이 내리는 윗간에서 옥희 어머니가 쇼팽의 〈녹턴 2번〉을 연주해요. 우아하고 여성적인 아름다움이 넘치는, 남녀 간의 사랑을 표현한 곡이지요.

그럼 옥희 어머니는 슬픈 마음을 어떤 곡으로 표현했을까요? 영화 〈사랑방 손님과 어머니〉를 보면서 한번 찾아보세요.

사랑 아저씨와 옥희 어머니는 서로에게 어떤 마음인가요?

사랑 아저씨가 밥값이라며 보낸 봉투 속에서 지전과 함께 나온, 네모로 접은 하얀 종이에 적힌 글. 그 글에는 아저씨의 어떤 마음이 담겨 있을까요?

옥희 어머니는 사랑 아저씨가 보낸 봉투를 받고 무척 놀랐어요. 마음을 고백하는 편지라고 생각했기 때문이지요. 하지만 옥희가 '밥값'이라고 하자 부끄럽고 당황스러웠어요. 그러나 거기엔 사랑 아저씨의 마음이 담긴 편지도 함께 들어 있죠. 옥희 어머니가 사랑 아저씨의 마음을 확인하는 순간이 다가오고 만 거예요. 옥희 어머니는 정말 떨리고 긴장되었겠죠?

옥희 어머니는 사랑 아저씨가 한 프러포즈를 받고 어쩔 줄 몰라 해요. 가슴이 쿵쿵 뛰죠. 옥희 어머니에게 사랑이 찾아왔나 봐요.

편지 한 통이 이렇게 한 순간에 마음을 흔들어 놓았어요. 사랑 아저씨가 옥희 어머니에게 가졌던 마음은 어떤 빛깔일까요? 그리고 또 옥희 어머니가 사랑 아저씨에게 건넨 손수건에는 어떤 마음이 담겨 있을까요?

사랑 아저씨는 자기가 보낸 편지를 읽고 옥희 어머니한테서 어떤 대답이 올지 궁금함 반 기대 반으로 애타게 기다려요. 그러다 옥희가 오자 벌떡 일어나서 손수건을 받지요. 그런데 옥희가 가져온 그 하얀 손수건을 보는 순간, 편지를 보지 않고서도 옥희 어머니의 마음을 읽은 거예요. 언제부터인가 연인 사이에 헤어지자는 마음을 전할 때 상대방에게 하얀 손수건을 건넸기 때문이에요.

 아저씨는 처음부터 옥희 어머니에게 관심이 많았어요. 시간이 지나면서 점점 좋아하는 마음을 키워 오다 큰 결심을 하고 편지를 보낸 건데 거절당한 거예요. 답장을 기다리면서 얼마나 마음을 졸였을까요? 혹시나 하고 기다렸던 아저씨에게 돌아온 것은 이별을 뜻하는 하얀 손수건과 편지였어요.

 아저씨는 어머니의 마음을 받아들이기로 합니다. 그래서 무슨 근심 있는 사람처럼 힘없이 지내다 마침내 떠나기로 마음을 먹지요. 더 노력해 보지도 않고 포기하는 아저씨가 한편으로는 안타깝고, 한편으로는 야속하게 느껴집니다. 글쎄요, 요즘으로 친다면 아저씨가 쿨한 건가요?

 어떤 사람이든 우리 곁을 떠나면 마음이 안타깝고 허전해요. 사랑하던 사람들이 이별하면 그 슬픔이 더 커서, 때로 낙담하고 절망하며 괴로운 시간을 보내게 돼요. 하지만 결국에는 이별을 받아들이고 감정을 다스리며 담담한 모습으로 서로의 길을 가게 되겠지요.

여자가 재혼하면 왜 세상이 욕을 하나요?

"옥희야, 옥희 아버지는 옥희가 세상에 나오기두 전에 돌아가셨단다. 옥희두 아빠가 없는 건 아니지. 그저 일찍 돌아가셨지. 옥희가 이제 아버지를 새로 또 가지면 세상이 욕을 한단다. 옥희는 아직 철이 없어서 모르지만 세상이 욕을 한단다. 세상이 욕을 해. 옥희 어머니는 화냥년이다, 이러구 세상이 욕을 해. 옥희 아버지는 죽었는데 옥희는 아버지가 또 하나 생겼대, 참 망측두 하지, 이러구 세상이 욕을 한단다. 그리 되면 옥희는 언제나 손가락질 받구. 옥희는 커두 시집두 훌륭한 데 못 가구. 옥희가 공부를 해서 훌륭하게 돼두, 에 그까짓 화냥년의 딸, 하구 남들이 욕을 한다."

1930년대는 여자의 재혼이 받아들여지지 않던 시대였어요. 당시 일부 신여성들이 용감하게 재혼을 시도하고 자유연애를 부르짖기도 했지만, 재혼한 여자들은 주변 사람들 눈총을 받거나 손가락질을 당하기 마련이었어요.

신라 시대나 고려 시대까지만 해도 과부가 재혼하는 것을 법적으로 막지는 않았어요. 물론 '정절(여자의 곧은 절개)'을 지킨 여인들을 높이 사기는 했지만, 재혼한 과부들에게 손가락질을 하지는 않았죠.

남편을 잃고 혼자 남은 여인들은 살아 나갈 경제력이 없었기 때문에, 사회적으로 재혼을 허락했던 거예요.

그렇다면 언제부터 재혼한 여자들이 욕을 먹기 시작했을까요?

그것은 조선 성종 때부터라고 볼 수 있어요. '굶어죽는 것은 작은 일이나 정절을 잃는 것은 큰 일이다.'라는 일부 신하들 의견을 성종이 받아들이면서 과부가 재혼하는 것이 법적으로 금지되기 시작했어요. 그 후에 재혼을 하지 않고 정절을 지킨 여인의 집 앞에 '열녀문'을 세워 그 집안에 세금을 없애 주고, 상금을 내리며, 신분을 해방시키는

등 여러 가지 혜택을 주었어요. 하지만 이것은 여성들의 희생을 강요하는 것이었죠.

조선 시대 사람들이 '여성의 정절'에 얼마나 집착했는지는 다음 이야기를 통해 짐작할 수 있어요.

임진왜란 때 일이다. 한 양반집 여자가 뒤쫓는 왜군을 피하려고 나룻가에 다다랐다. 나루터는 먼저 배를 타려는 피란민으로 가득하였다. 왜군은 지척으로 쫓아오는데 이 부인은 배에 오를 수가 없었다. 이를 안타깝게 여긴 사공이 부인 손을 잡아끌어 겨우 배에 태웠더니, 부인은 외간 남자에게 손을 잡혀 절개를 잃었다며 강물에 몸을 던져 죽고 말았다.

이런 모습은 조선 후기가 되면서 더 심해졌어요. 조선 초기에는 남편이 죽으면 정절을 지킨 여인이 표창의 대상이 되었으나, 후기로 가면서는 남편을 따라 죽거나, 남편을 위험에서 구하기 위해 목숨을 버린 여성들이 표창의 대상이 되었지요.

조선 시대에 '여자'로 살아가기란 참 어려운 일이었겠죠?

조선 시대에도 이혼이?

조선 시대에는 결혼과 마찬가지로 이혼도 가부장적 가족 제도를 유지하기 위해 이루어졌어요. '칠거지악'이라는 것을 통해 이를 짐작할 수 있어요. 하지만 이것은 정확하지 못한 기준이라서, 이런저런 트집을 잡아서 얼마든지 며느리(아내)를 쫓아낼 수 있었지요.

이렇게 보면 조선 시대 여성들은 매일매일 이혼의 공포에 시달려야 했을 것 같아요. 그런데 실제로는 이혼이 거의 허락되지 않았다고 해요. 남편이 죽은 뒤까지 정절을 지켜야 하니 재혼이 금지될 수밖에 없었고, 재혼을 할 수 없는 사회에서 이혼녀가 만들어지는 것은 큰 사회 문제가 되었기 때문이에요. 그렇기 때문에 부인을 버리는 것은 어쩔 수 없는 경우가 아니면 금지되었어요. 따라서 칠거지악 가운데 '행실이 음탕한 것'과 '시부모에게 불손한 것' 외에는 거의 이혼 사유가 되지 못했어요. 하지만 얼굴도 보지 못하고 이루어졌던 결혼이 원만할 수만은 없었겠지요. 그래서 남편들은 어떻게 해서라도 이혼을 하려고 부인의 죄를 꾸며 대기까지 했답니다.

이혼과는 다르게 '소박(아내를 푸대접하는 것)'이라는 것도 있었는데, 이는 형식적으로는 부부이지만 실제로는 남남처럼 지내는 것을 말해요. 남자에게는 '축첩(본부인 외에 다른 부인을 두는 것)'이 허락되었기 때문에 마음에 드는 여자를 첩으로 들일 수 있었거든요. 소박은 칠거지악과 같은 뚜렷한 이유도 없이 당할 수 있다는 점에서 여성들을 더욱 두렵게 만들었어요.

그렇다면 조선 시대 여성들은 그저 버림을 받는 대상일 뿐이었을까요?
조선 시대에 부인이 이혼을 할 수 있는 경우는 '남편이 의절했을 때, 부인의 가족을 때리거나 죽였을 때, 남편이 집을 떠나 살았는지 죽었는지 모르는 상태가 3년 이상 됐을 때, 남편에게 매를 맞았을 때'였다고 해요. 매를 맞은 경우는, 뼈가 부러지는 이상의 중상을 입었을 때에 한해 남편의 동의가 있어야 이혼할 수 있었어요. 이는 부인이 남편을 때렸을 때 남편이 원하기만 하면 상처의 정도에 관계없이 이혼할 수 있었던 것과 비교하면 지극히 차별적이라고 할 수 있죠.

그러나 이런 경우는 매우 특수하여 일상에서는 거의 찾아보기 힘들었어요. 그래서 여성들은 남편을 협박하여 강제로 이혼장을 받아 내거나 남편을 피해 달아났죠. 하지만 이런 행위는 처벌 대상이 되었어요. 남편 몰래 달아나는 것은 곤장 100대, 달아나 재혼까지 하면 교수형 감이었다고 하네요.

이런 상황이었으니 여성들에게는 이혼할 권리가 거의 없었다고 봐야겠죠. 이혼이 허락된다 해도 재혼이 불가능했고, 사회·경제적 활동도 할 수 없었기 때문에 선뜻 이혼을 할 수도 없었을 거예요.

이혼한 여성들은 자식을 남편에게 빼앗겼어요. 조선 초까지는 재혼이 금지되지 않았기 때문에 재혼을 할 수 있었지만, 그것도 남편이 재혼한 뒤에야 가능했다고 해요.

소박맞은 여자 역시 불행한 삶을 살았어요. 그나마 시집이 상류층이면 집안 살림을 도맡는 것으로 시간을 보내며 살았지만, 일반 가정에서는 남편에게 소박을 당하면 친정에 돌아가 평생 소박데기로 손가락질을 받으며 살든지, '습첩'이라는 풍속에 몸을 맡길 수밖에 없었어요.

'습첩'은 소박당한 여자가 새벽에 성황당 길에 서 있으면 그 여자를 처음 발견한 남자가 그 여자를 거두어 살아야 한다는 풍습이에요. 그가 누구든 처음 만나는 남자를 따라가 그와 운명을 같이해야만 했죠.

조선 시대 여성들은 이렇게 남성에 의해 모든 것이 결정될 수밖에 없는 가엾은 존재였답니다.

옥희 어머니는 왜
'시험에 들지 말게'를 되풀이하나요?

"이름을 거룩하게 하옵시며, 나라에 임하옵시며, 뜻이 하늘에서 이루어진 것처럼 땅에서도 이루어지이다. 오늘날 우리에게 일용할 양식을 주옵시고, 우리가 우리에게 죄 지은 자를 용서하여 준 것처럼 우리 죄를 사하여 주옵시고, 우리를 시험에 들지 말게 하옵시고……, 우리를 시험에 들지 말게 하옵시고……, 시험에 들지 말게 하옵시고……, 시험에 들지 말게……, 시험에 들지 말게……."

이렇게 어머니는 자꾸 되풀이하였습니다. 나도 지금은 막히지 않고 하는 주기도문을 어머니가 막히다니 참으로 우스운 일이었습니다.

"시험에 들지 말게, 시험에 들지 말게……."

주기도문을 줄줄 외는 옥희뿐만 아니라, 우리에게도 '시험에 들지 말게 하옵시고'를 계속 반복하는 어머니 모습이 이상해 보여요. 정말 옥희 말대로 어머니는 주기도문이 기억 안 나서 계속 같은 말을 되풀이하고 있었던 걸까요?

　어린 옥희는 그렇게 생각할 수도 있겠지만, 어머니 상황을 알고 있는 우리는 분명 다른 까닭이 있을 거라는 생각을 하게 되지요. 그리고 그 까닭은 사랑 아저씨와 관련된 일 때문이라는 것도 짐작할 수 있어요.

그럼 이제 옥희 어머니가 왜 되풀이해서 '시험에 들지 말게 하옵시고'라고 기도하는지 구체적으로 살펴볼까요?

지금 옥희와 어머니가 읊고 있는 '주기도문'은 예수가 그를 따르던 제자들과 사람들에게, 하나님께 이렇게 기도하면 된다고 가르쳐 준 가장 모범적인 기도문이에요. 그 기도문에서 '시험에 들지 말게 하옵시고'는 '믿음이 흔들리지 않게 해 주시고'라는 뜻이죠. 세상 일이 자신이 생각하고 바라는 대로 이루어지지 않는 경우가 많고, 이럴 때마다 화도 나고 걱정도 되고 이런저런 고민과 절망 속에 있게 되지요? 결국 '믿음이 흔들리는 것'은 '삶에 대한 고민, 걱정, 갈등' 때문이에요. 그러니 '시험에 들지 말게 하옵시고'라는 말은 '고민, 걱정, 갈등 등을 하지 말게 해 주시고'라는 뜻이라고 정리해 볼 수 있겠네요.

그럼 옥희 어머니가 고민하고 걱정하고 갈등하는 것은 무엇일까요?

사랑 아저씨로부터 밥값과 함께 '네모지게 접은 하얀 종이'를 받은 다음 옥희 어머니는 사랑 아저씨의 마음을 알게 되었을 겁니다. 하지만 옥희 어머니는 사랑 아저씨의 마음을 쉽게 받아들일 수 없는 상황이에요. '과부'라는 자기 처지와 '사랑'이라는 감정 사이에서 어떻게 해야 할지 고민되고, 자기 선택이 옥희 장래에 어떤 영향을 줄지도 생각해야 하고, 젊은 나이에 다시 힘들게 찾아온 사랑을 받아들여야 하는지에 대한 갈등이 끝도 없이 일어나고……. 이런 상황이기에 옥희 어머니는 그렇게도 '시험에 들지 말게 하옵시고'라는 말을 되풀이하고 있는 거예요.

'죽은 남편'과 '사랑손님', '정절녀'와 '화냥년', '옥희 장래'와 '자기 미래', '사회적 통념'과 '개인적 사랑', '사랑을 포기하려는 마음'과 '사랑을 하고 싶은 마음' 사이에서 어느 쪽을 택해야 할지 고민하고 걱정하고 갈등하고 있는 옥희 어머니. 아마도 옥희 어머니 마음은 검게 타들어 가고 있었을 겁니다.

'시험에 들지 말게, 시험에 들지 말게……' 하고 자꾸만 되풀이하는 것을 나는 참다못해서,
"엄마, 내 마저 할게."
하고,
"다만 악에서 구하옵소서. 대개 나라와 권세와 영광이 아버지께 영원토록 있사옵나이다."
하고 내가 끝을 마쳤습니다. 어머니는 한참이나 있다가 겨우,
"아멘."
하고 속삭이었습니다.

옥희는 그런 어머니 마음도 모르고, 어머니가 주기도문을 잊어버린 줄 알고 자신이 마무리를 합니다. 하지만 어머니는 한참이나 가만있다가 오랜 후에야 겨우 "아멘."이라 속삭이죠.

보통 기도의 마지막에 말하는 '아멘'은 '그대로 이루어지소서.'라는 뜻을 담고 있어요. 옥희 어머니가 '아멘'이라고 하기까지 오랜 시간이 걸린 만큼, 내적 갈등이 얼마나 심했는지 짐작해 볼 수 있겠지요?

시험에 들지 말게...... 시험에 들지 말게

우리를 시험에 들지 말게 하옵시고

다만 악에서 구하옵소서. 대개 나라와 권세와 영광이 아버지께 영원히 있사옵나이다. 아멘

옥희 어머니는 왜
풍금을 치지 않나요?

옥희 아버지는 아내를 위해 풍금을 사 줬어요. 풍금 치는 방법도 가르쳐 주고 함께 노래도 불렀지요. 하지만 옥희 아버지가 죽고 나서 풍금 뚜껑은 내내 닫혀 있었어요. 옥희가 가만히 생각해 내야 할 만큼 구석 자리에 있었지요.

그런데 사랑 아저씨가 오고 나서 풍금 뚜껑이 다시 열렸어요. 옥희 어머니가 풍금 앞에서 노래도 부르고 울기도 했지요. 마음이 참 복잡했나 봐요. 하지만 옥희 어머니는 결심을 합니다. 풍금 뚜껑을 닫듯 다시 마음을 닫아 버린 거지요.

옥희 어머니가 사랑 아저씨에게 편지를 보낸 후 여러 날이 지나서 사랑 아저씨는 떠나게 됩니다. 사랑 아저씨가 떠나는 날 옥희 어머니는 기차에서 먹으라며 남은 '달걀 여섯 개'를 모두 삶아서 주지요. 그리고 옥희와 함께 '뒷동산'에 올라 기차가 산모퉁이 뒤로 사라질 때까지, 그리고 그 굴뚝에서 나는 연기가 하늘 위로 모두 흩어져 없어질 때까지 가만히 서서 그것을 바라봅니다. 그리고 뒷동산에서 내려오자 그동안 늘 열어 두었던 '풍금' 뚜껑도 닫고, 찬송가를 뒤적이더니 뻣뻣 마른 '꽃'도 버리고, 달걀 장수 노친네에게 달걀 먹는 이가 없다고 하는 장면으로 소설이 끝납니다.

우리에게는 그냥 달걀과 뒷동산, 꽃, 풍금일 수 있지만 옥희 어머니와 아저씨, 그리고 옥희에게는 사연이 담긴 소중한 것들이에요. 여기에 나오는 소재들이 들려주는 이야기를 들어 볼까요?

달걀

나는 1930년대에 비싼 음식이었어요. 옥희 어머니는 사랑 아저씨가 하숙을 하게 되면서 나를 한꺼번에 많이 샀어요. 아저씨에 대한 관심과 애정을 나를 통해 표현한 거지요. 그리고 아저씨가 떠날 때에 모두 삶아서 드려요. 옥희도 나를 굉장히 좋아하지만, 옥희 어머니는 그것을 잊어버릴 만큼 마음이 아픈가 봐요.

뒷동산

나는 옥희와 사랑 아저씨가 함께 나들이 왔던 곳이에요. 옥희가 아저씨에게 "아저씨가 우리 아빠라면 좋겠더라."라고 말하게 했던 곳이지요. 하지만 내 위에 올라와 옥희와 옥희 어머니가 아저씨가 떠나가는 것을 보고 있네요. 이젠 나를 보면 옥희와 옥희 어머니는 여러 가지 생각이 날 거예요.

꽃

나는 원래 유치원 선생님 책상 위에 놓여 있었어요. 근데 옥희가 허락도 없이 뽑아 가서 어머니한테 "아저씨가 엄마 갖다 드리라구 줘."라고 했지요. 하지만 옥희는 어머니가 그 말을 듣고 화가 난 줄 알았어요. 그래서 옥희도 속으로 어머니를 원망했지요. 그런데 옥희 어머니가 풍금 위 꽃병에 꽂고 노래를 부르는 거예요. 시들자 버려질 줄 알았는데, 어머니가 자주 보시는 찬송가 책에 끼워 두니까 얼마나 좋았는지 몰라요. 하지만 사랑 아저씨가 떠나자 옥희 어머니가 나를 버렸어요.

풍금

잠시 행복했어요. 지난 5년간 한 번도 나를 찾지 않던 옥희 어머니가 나를 다시 열어서 연주도 해 주고, 노래도 하고, 꽃도 꽂아 줬으니까요. 참 그러고 보니 사랑 아저씨가 머물렀던 시간과 같네요. 하지만 좋은 시간은 오래 가질 않네요. "옥희 너 하나만 있으면 된다."라고 울먹이더니, 다시 내 뚜껑을 덮어 버렸어요.

이 소재들은 모두 옥희 어머니와 사랑 아저씨의 여러 가지 마음(설렘, 망설임, 결심, 아쉬움)을 담고 있어요.

'뒷동산'은 아저씨를 떠나보낸 곳이에요. 기차가 보이지 않을 때까지 서 있다는 것은, 사실은 아저씨를 보내기 싫은 마음이 아니겠어요? 정말 좋은 친구와 헤어지게 되면 그 친구가 보이지 않을 때까지 그 뒷모습이라도 지켜보고 싶은 마음을 여러분은 알지요?

'꽃'은 사실 아저씨가 준 것도 아니에요. 어머니는 아저씨가 준 꽃이라 믿기에, 옥희에게 받아 오면 안 된다고 하면서도 그 꽃을 풍금 위에 꽂지요. 시든 다음에도 찬송가 갈피에 끼워서 두고두고 보고요. 어머니는 꽃을 보면서 많이 설레었을 거예요. 하지만 결국 그 꽃을 버리고 말아요.

아저씨가 좋아하는 반찬인 '달걀'은 엄마의 마음이지요. 귀한데도 많이 산 것은 그만큼 컸던 엄마의 마음이에요. 아저씨와 헤어질 때 하나도 남기지 않고 달걀을 삶아 드리는 것은 아저씨를 향한 마음을 정리하려 한 것이고요. 하지만 쉽지 않은가 봐요. 어머니는 달걀 사라는 달걀 장수 노친네에게 달걀 먹을 사람이 없다고, 하얗게 된 얼굴로 말씀하셔요. 옥희가 달걀을 가장 좋아한다는 사실을 깜빡하는 것을 보면, 그만큼 달걀은 아저씨를 떠오르게 해요. 그 기억이 희미해지면 옥희가 달걀을 좋아한다는 사실이 떠오를지 몰라요.

'풍금'은 엄마의 마음입니다. 열렸다 닫혀 버린……..

옥희 어머니는 재혼을 안 한 건가요, 못 한 건가요?

이 글을 읽으면서 이런 생각 해 본 적 있나요? '어머니는 사랑 아저씨와 재혼을 안 한 것일까, 못 한 것일까?'

사실 이 소설에는 사랑 아저씨와 어머니, 두 사람이 다정하게 사랑의 감정을 주고받는 모습이나 장면이 뚜렷하게 드러나지 않아서 좀 답답할 수도 있어요. "뭐야, 두 사람! 사랑을 하긴 한 거야?" 하면서 말이죠.

하지만 사랑 아저씨와 어머니의 말과 행동을 자세히 살펴보면 그들의 절실한 마음을 느낄 수 있을 거예요. 어떤 모습들이냐고요? 사랑 아저씨가 달걀을 좋아한다는 것을 옥희에게 전해 듣고부터 많이씩 준비하는 어머니 모습, 사랑 아저씨에게 놀러 가는 옥희에게 새 저고리를 입혀 보내는 어머니 마음, 아저씨가 준 것으로 알고 고이고이 간직했던 마른 꽃, 사랑 아저씨가 오면서 열린 풍금까지. 어머니의 말과 행동을 깊이 생각해 보면 어머니의 마음을 충분히 느낄 수 있겠죠?

그러면 아저씨는 어떨까요? 옥희가 놀러 올 때마다 쉼 없이 물어 대는 어머니에 대한 질문, 사랑방에 놀러 온 옥희에게 그림책도 보여 주고 놀아 주는 자상한 모습, 어머니의 모습을 조금이라도 가까이에 서 보고 싶어 예배당에 따라갔던 수줍은 행동, 그리고 하얀 종이에 담긴 고백까지 보면 아저씨 마음도 충분히 알 수 있을 거예요.

어때요, 두 사람의 말과 행동을 따라가다 보니 사랑 아저씨와 어머니의 마음이 보이죠? 요즘처럼 쉽게 사랑을 드러내고 표현하는 시대와 달라서 금방 눈에 띄지는 않지만, 잘 들여다보면 두 사람의 작은 행동과 사소한 말 한마디도 그들의 마음을 표현하고 있다는 걸 알 수 있을 거예요.

그런데 이렇듯 사랑 아저씨에게 호감과 애틋한 감정을 가지고 있는 어머니는 왜 그와 재혼을 하지 않았을까요? 어머니는 분명 사랑 아저씨와 재혼을 하고 싶었을 거예요. 그래서 "아빠가 생겼으면……." 하는 옥희에게 아빠도 만들어 주고 화목한 가정도 이루고 싶었을 거예요. 그럼에도 불구하고 어머니가 재혼을 포기했다면 그것은 재혼을 안 한 것이 아니라 못한 것이에요.

사랑 아저씨는 용기를 내어 옥희 어머니에게 사랑을 고백하는 편지를 써서 보냈어요. 하지만 옥희 어머니는 깊은 고민과 갈등 끝에 그의 사랑을 받아들이지 못했어요. 왜 그랬을까요? 그건 옥희 어머니가 자신의 재혼으로 힘들어질 옥희 장래에 대한 두려움이 너무 크고, 여자의 재혼을 곱게 바라보지 않는 주변 시선을 견디기 힘들었기 때문일 거예요. 결국 어머니는 그러한 사회적 편견을 극복하지 못하고 재혼을 포기할 수밖에 없었던 것이지요.

여러분도 부모님 기대나 주변 시선 때문에 하고 싶지만 하지 못하는 것이 있겠지요? 노랗게 염색하고 싶은 머리, 짧은 교복 치마, 이성 친구 사귀는 것 등.

이제 아시겠죠? 어머니는 재혼을 안 한 것이 아니라 시대적 상황과 옥희의 미래 때문에 못한 것이에요. 옥희 어머니의 안타까운 사랑이 여러분 가슴에 전해지지 않나요?

이 소설의 주인공은 누구인가요?

 이 소설에는 옥희, 옥희 어머니, 사랑 아저씨, 외삼촌 등이 등장해요. 그런데 이 소설의 주인공은 옥희가 아니라 '어머니'와 '사랑 아저씨'예요. 이 소설의 중심이 되는 일은 옥희에게 일어난 것이 아니라 어머니와 사랑 아저씨에게 일어난 일이니까요. 다만 두 사람 이야기를 전해 주는 사람이 옥희일 뿐이에요.

 소설은 꾸며 낸 이야기인데, 우리는 이 이야기를 읽으며 머릿속에서 상상의 세계를 만들어요. 그 속에서 사람들이 말도 하고, 갈등도 하고, 사건도 벌이고 하는 거지요. 그 세계는 진짜 우리가 있는 현실 세계는 아니에요. 그런데 현실 세계에 있는 우리가 상상의 세계에서 벌어지는 일들을 어떻게 알게 되는 걸까요? 그건 바로 상상의 세계에서 일어나는 일을 우리에게 이야기해 주는 누군가가 있기 때문이에요. 그 누군가를 소설에서는 '서술자'라고 해요.

 서술자는 작품 속에 있을 수도 있고 없을 수도 있어요. 서술자는 자신의 이야기를 들려줄 수도 있고, 옥희처럼 자신의 이야기는 아니지만 다른 사람들 이야기를 들려줄 수도 있어요. 작가가 어떤 서술자를 선택하는가에 따라 이야기하는 효과가 달라져요. 같은 이야기라도 당사자가 하는 이야기와 제3자가 하는 이야기가 다르게 들리는 것처럼 말이죠.

그럼 이 소설에서 이야기를 해 주는 사람은 누구일까요? 바로 '옥희'입니다. 자기소개부터 시작해서 소설의 마지막까지, 벌어지는 모든 일은 서술자인 옥희가 들려주는 이야기예요. 그런데 옥희가 자신의 이야기를 하고 있나요? 아니죠. 비록 옥희가 이야기하고 있지만, 자기에게 일어난 일보다는 '사랑 아저씨'와 '어머니' 사이에 벌어지는 일을 전해 주고 있어요. 마치 할머니가 들려주는 옛날이야기처럼 말이에요.

그렇다면 주인공도 아닌 옥희가 이야기를 전해 주는 까닭은 무엇일까요?

작가가 옥희를 서술자로 만드는 것이 이 이야기를 전달하는 데에 가장 효과적이라고 여겼기 때문이에요.

작가는 옥희 눈을 통해 바라본 것들을 옥희 입을 통해 전달해 주고 있어요. 그런데 작가가 선택한 서술자는 나이가 어려요. 여섯 살밖에 안 되었어요. 여섯 살짜리가 어른들인 아저씨와 어머니 사이에 일어나는 사랑의 감정과 그 표현들을 잘 이해할 수 있을까요? 그렇지는 않겠죠. 반면에 소설을 읽는 우리는 여섯 살이 아니에요. 그래서 아저씨와 어머니 사이에 일어나는 사건이나 미묘한 감정 변화를 최소한 옥희보다는 잘 알 수 있어요. 옥희가 전해 주는 것들을 가지고 상상할 수 있기 때문에, 알려 주지 않은 부분은 우리의 상상으로 채우면서 읽는 거예요. 그래서 우리는 이야기에 더 빠져들게 되고 읽는 재미를 더 느낄 수 있게 된답니다.

왜 어른 사이에 벌어지는 일을 어린아이가 전할까요? 남편 친구인 사랑 아저씨와 스물세 살인 어머니. 두 사람 모두 청춘이잖아요. 청춘을 누리고 있는 젊은 남녀 사이의 일을 어른이 전달한다고 상상해 보세요. 어떻게 전달될지 뻔하죠? 만약 어른이 이 이야기를 전해 주었다면 흔하디흔한 연애 소설이 되고 말았을 거예요. 그런데 이 작품은 어른들의 세계를 잘 모르는 여섯 살짜리가 전해 주기 때문에 뻔하지 않고 색다른 맛이 생겨나요. 어린아이의 눈으로 보여 주는 두 사람의 관계가 열정적으로 보이지는 않아요. 하지만 그 속에서 잔잔하면서도 애틋한 마음의 흔들림을 상상으로 느낄 수 있어요. 어른이 전해 주는 것보다 훨씬 순수하게 느껴지고요.

옥희는 작품 속에서 단순히 이야기만 전해 주는 것으로 자기 역할이 끝일까요? 그렇지는 않아요. 옥희는 또 다른 중요한 역할을 맡고 있어요. 바로 '사랑의 메신저'예요. 여러분이 메신저로 다른 친구들과 대화를 하는 것처럼, 어머니와 아저씨의 마음을 전달해 주는 메신저가 바로 옥희인 거예요. 두 사람은 자기 감정을 직접 전달할 정도의 용기를 가지지 못했어요. 그러니 간접적인 방법을 써서라도 전달해야겠죠. 옥희네 집에서 이런 역할을 할 수 있는 사람은 옥희밖에 없어요. 게다가 옥희는 어리기 때문에 두 사람이 옥희한테 자기 의도를 들킬 염려도 없어요. 그래서 서로에 대한 관심을 상대에게 직접 보이지 못하고 옥희를 통해 전달해요.

아저씨는 옥희에게 달걀과 과자도 주고, 이야기책도 읽어 주고, 옥희와 뒷동산에 같이 놀러 가기도 하고, 옥희를 매우 귀하고 사랑스럽게 여기죠. 또 어머니는 아저씨가 좋아하는 달걀 반찬도 하고, 아저씨 방에 가는 옥희를 단장시키기도 하죠. 게다가 옥희는 메신저의 역할에 알맞게 어머니와 아저씨의 편지도 나르잖아요.

옥희가 사랑의 메신저니까 옥희가 두 사람 사이의 이야기를 가장 잘 알고, 그렇기 때문에 두 사람 사이의 이야기를 전달해 주는 역할에도 적합한 인물이 되는 거예요.

옥희를 서술자로 내세운 것은 적절했나요?

옥희를 서술자로 내세운 것이 적절했는지 그렇지 않은지에 대한 답은 이 소설을 통해 작가가 얘기하고 싶은 것이 무엇이냐에 따라 달라질 수 있어요.

'사랑 아저씨와 옥희 어머니 사이에 있었던 순수하고 애틋하고 은밀한 사랑'이 주제인 경우

옥희를 서술자로 택한 것은 매우 효과적이라고 할 수 있어요. 옥희가 아닌 어른이 서술자였다면 흔한 연애 소설과 다를 바 없었을 테니까요. 하지만 어린아이를 서술자로 택했기 때문에 다른 작품들과는 다른 특징을 가지게 되었어요. 어린 옥희가 말하지 못하거나 잘 모르는 부분을 독자가 상상하는 재미를 느끼도록 이끌어 준 것이죠. 또 어른을 이해하지 못해 생기는 색다른 재미를 주기도 하고, 사랑 아저씨와 어머니 사이의 사랑을 좀 더 순수하고 아름답게 보이도록 만들어 주었답니다.

'사회적인 시선 때문에 옥희 어머니의 사랑이 실패로 돌아간 것'이 주제인 경우

어린 서술자를 선택한 것은 적절하지 않아요. 주제가 개인과 사회의 갈등을 다루는 것이 되고, 그건 매우 심각한 것이에요. 옥희 같은 어린아이는 잘 파악할 수 없는 것이죠. 그런데 그런 일을 잘 모르는 어린아이가 자기도 모르는 무거운 주제를 전하고 있기 때문에 적절하지 않은 거예요. 옥희 어머니가 사랑을 선택하지 못한 것이 자신의 뜻이 아니라 여자의 재혼을 인정하지 않는 사회적인 제약 때문이라면 이 이야기는 아름답지도 애틋하지도 않아요. 너무나 안타깝고 비극적이에요. 그런데 앞뒤의 사정을 잘 모르는 서술자가 전해 주었기 때문에 이런 심각성이 드러나지 못했다면 훌륭한 선택이라고 할 수 없어요. 그리고 작가의 그런 선택은 이야기의 아름다움 속에 '여자의 희생은 아름답다'는 잘못된 생각을 퍼뜨리게 되고요. 이런 점으로 볼 때 작가는 남성 중심적 사고에서 벗어나지 못했다고 추측할 수 있어요.

넓게 읽기

작품 밖 세상 들여다보기

시대

작가

작품

독자

작가 이야기
주요섭의 생애와 작품 연보, 작가 더 알아보기

시대 이야기
1930~1935년

엮어 읽기
이루어지지 않은 사랑

다시 읽기
사랑손님과 옥희 어머니가 문자 메시지를 주고받는다면?

독자 이야기
사랑손님과 옥희 어머니가 되어 서로에게 편지 쓰기

작가 이야기

주요섭의 생애와 작품 연보

1902(12월 23일) 평안남도 평양부 서문 밖 신양리의 기독교 가정에서 태어남.

1909(8세) 형 주요한과 함께 숭덕학교를 다니기 시작함.

1917(16세) 숭덕학교를 졸업하고, 숭실중학교를 다니기 시작함.

1918(17세) 동경 한인교회 목사로 부임한 아버지가 계신 일본으로 감. 도쿄에 머무르는 동안 형 주요한의 주변에서 김동인 등 문학인들의 영향을 크게 받음.

1919(18세) 3·1 운동이 일어나자 귀국함. '독립신문사'를 만들고 《독립신문》을 만들어 널리 퍼뜨림. 보안법과 출판법 위반으로 평양 감옥에서 5개월 동안 옥고를 치르고 출옥 후 중국 상하이로 감.

1920(19세) 《매일신보》에 단편 〈이미 떠나 버린 벗〉을 발표하며 등단함.

1921(20세) 《매일신보》 신춘문예에 단편 〈깨어진 항아리〉가 입선함. 4월에 《개벽》에 단편 〈추운 밤〉을 발표하면서 본격적인 작가 활동을 시작함.

1924(23세) 《신여성》 3월호에 단편 〈기적〉을 발표하고, 《개벽》 10월호에 수필 〈선봉대〉를 발표함.

1925(24세) 단편 〈인력거꾼〉과 〈살인〉을 발표함.

1926(25세) 단편 〈천당〉, 시 〈물결〉, 〈진화〉, 〈자유〉, 논문 〈말〉을 발표함.
필리핀 마닐라에서 개최된 육상 대회에 출전하여 우승함.

1927(26세) 상하이 후장대학 교육학과를 졸업하고 중국으로 귀화함. 6월에 중국 여권을 가지고 미국으로 떠남.
단편 〈개밥〉과 〈첫사랑〉, 시 〈넓은 사랑〉을 발표함.

1929(28세)	미국 스탠퍼드대학에서 교육학 석사 과정을 수료함. 귀국하여 황해도 출신 유씨와 결혼하였으나, 이듬해 이혼함.
1931(30세)	동아일보사에 입사하여 《신동아》 창간과 함께 편집을 담당함.
1933(32세)	평론 〈아동문학 연구 대강〉과 동화 〈미친 참새 새끼〉를 발표함.
1935(34세)	첫 장편 〈구름을 잡으려고〉를 《동아일보》에 연재하기 시작함. 단편 〈사랑손님과 어머니〉를 발표함.
1936(35세)	베이징에서 여성 월간지 여기자인 김자혜 씨와 재혼함.
1947(46세)	영문 소설 《김유신》을 출간함.
1948(47세)	단편 〈대학 교수와 모리배〉를 《서울신문》에 발표함.
1950(49세)	한국전쟁이 일어나자 부산으로 피란하여 피천득과 같은 지붕 아래서 생활함.
1952(51세)	장편 〈길〉을 《동아일보》에 연재함.
1960(59세)	〈사랑손님과 어머니〉가 베트남어로 번역됨.
1963(62세)	미국의 미주리대학 등 6개 대학에서 '아시아 문화 및 문학'을 강의함.
1970(69세)	《월간문학》에 〈여대생과 밍크 코트〉를 발표함.
1972(71세)	4월에 단편 〈마음의 생채기〉를 발표함. 전신 통증 발작이 일어나 병원에 입원함. 미국으로 가려고 수속을 밟고 있던 중 11월 14일 심근경색으로 사망함.

작가 더 알아보기

기독교 가정

주요섭의 아버지인 주공삼은 농업에 종사하다가 붓 장사와 부동산 매매업 등을 하게 됩니다. 그는 평양으로 붓을 팔러 갔다가 미국인 선교사의 비서 겸 우리말 교사로 일하게 되지요. 그 인연으로 미국인 선교사가 주선해 준 평양신학교를 마치고 예수교 장로회 목사가 되었습니다.

주요섭은 8남매 가운데 둘째였는데, 주요섭보다 두 살이 많은 형은 시인 주요한입니다. '요한'이 성경에 나오는 인물에서 따온 이름인 것처럼, '요섭' 또한 '요셉'에서 따온 이름이라고 합니다. 주요섭은 소학교를 다니기 전부터 형과 함께 주일 학교에 나가 성경 공부를 할 만큼 신앙 생활을 열심히 했습니다.

독립운동과 학생운동

3·1 운동이 일어나고 나서 5월에 주요섭은 평양 숭덕학교 졸업생, 재학생들과 함께 비밀리에 '독립신문사'를 만듭니다. 그리고 그곳에서 《독립신문》을 만들지요. 또 독립운동을 위한 '무궁화소년회'라는 유인물을 만들어 집집마다 돌리기도 했습니다. 이런 활동 때문에 일본 경찰에 체포되어 감옥살이를 하다, 출옥 후에 중국 상하이로 가게 됩니다.

1926년에는 상하이의 한인 유학생 단체인 '상하이한인학우회'가 창립되었을때 운동부의 집행위원으로 선출되었습니다. 그리고 이듬해인 1927년 3월에 개최된 '상하이한인청년회' 창립총회에서 집행위원으로 선출되는 등 유학생, 청년 단체에서 활발한 활동을 벌였습니다. 또 문학청년들과 더불어 비밀 결사 조직인 '푸른꽃단'을 만들어 활동하기도 했습니다. 2004년 8월 15일에는 고인의 독립운동에 대한 공훈을 인정받아 '건국훈장 애족장'이 추서되었습니다.

작품 세계의 변화

주요섭의 작품 세계는 네 단계의 변화 과정을 거칩니다.

첫 단계는 〈추운 밤〉부터 〈인력거꾼〉, 〈살인〉, 〈개밥〉 등을 쓴 1921~1927년까지입니다. 이때는 주로 가난한 사람들의 일상과 그들이 겪는 갈등을 동정하는 인도주의적 태도를 보여 줍니다.

둘째 단계는 〈할머니〉에서 〈사랑손님과 어머니〉, 〈아네모네의 마담〉, 〈추물〉, 〈봉천역 식당〉, 〈왜 왔던고〉에 이르는 1930~1937년까지입니다. 주요섭이 문단의 주목을 받게 된 것도 바로 이때입니다. 이 시기에는 그의 대표작이라 할 만한 작품뿐만 아니라 작가로서의 성숙함이 드러나는 작품들을 발표하였습니다. 기성 윤리나 외모 또는 배신으로 인한 사랑의 좌절, 향수 등을 그린 작품을 통해 삶의 의미를 돌아보고 있습니다.

셋째 단계는 1946~1958년까지입니다. 〈입을 열어 말하라〉, 〈대학교수와 모리배〉, 〈해방 일주년〉, 〈이십오 년〉 등을 통해 해방 후의 무질서와 혼란을 고발하고 비판하였습니다. 사회의식을 각성하고 자아에 대한 자각을 탐색해 나간 시기입니다.

넷째 단계는 1960년 이후입니다. 〈세 죽음〉, 〈열 줌의 흙〉, 〈죽고 싶어 하는 여인〉, 〈여대생과 밍크코트〉 등을 통해 삶과 죽음의 문제, 인간다운 삶의 문제 등을 다루었습니다.

피천득이 말하는 주요섭 - 주요섭 사망 후 피천득이 쓴 글

형, 나는 당신을 형이라고 불러 본 일은 없습니다. 주 선생이라고 불렀습니다. 그러나 지금 나는 형이라고 부르고 싶습니다. 형은 나에게 친형보다 더한 존재입니다. 나에게 친형이 있더라도 그러할 것입니다. 이 글을 쓰고 있는 내 눈에 눈물이 가리어 무슨 말을 쓰고 있는지 모르겠습니다.

내가 형을 처음 만난 것은 열일곱 살 나던 해, 내가 상하이로 달아났을 때입니다. 나보다 8년 연상인 형은 후장대학에 재학 중이었습니다. 학교로 찾아간 나를 데리고 YMCA 식당에 가서 저녁을 사 준 기억이 납니다. 나는 상하이 시내에 방을 얻고 고등학교에 다니게 되었습니다. 형은 주말이면 기숙사에서 나와서 나하고 영화 구경을 갔습니다. 그때 '글로리아 스완스'라는 여배우를 그렇게 좋아했습니다.

중국 음식점에 가서 저녁도 잘 사 먹었습니다. 육당의 《백팔번뇌》를 같이 읽은 것은 쓰촨 길거리에 있는 어떤 광둥 음식점이었습니다. 형이 나보고 영화 구경하고 저녁 사 먹을 돈만 있으면 돈 걱정 안 하고 살아도 된다고 말한 것이 기억납니다.

대학에서 형은 특대생이었고, 영자신문 주간이요, 대학 토론회 때 학년 대표요, 마닐라 극동 올림픽에 중국 대표로 출전하여 우승을 한 적도 있습니다. 형은 나의 이상적 인물이요, 그리고 모든 학생의 흠모 대상이었습니다. 형의 앨범 첫 페이지에는 도산 선생의 사진이 있었고, 그 밑에는 '나의 존경하는 선생님'이라고 쓰여 있었습니다. 형은 3·1

운동 당시 등사판 신문을 만들다가 감옥살이를 하고, 베이징 푸런대학에 재직하고 있을 시절 항일 사상을 지녔다 하여 일본 영사관 유치장에서 모진 고생을 겪기도 했습니다.

형은 상하이대학을 마친 후 중국 국적 여권을 가지고 미국으로 가서 스탠포드대학에 다녔습니다. 그 후 귀국하여 《신동아》를 편집하셨습니다. 그때부터 나하고 방을 얻어 같이 살았습니다. 겨울 아침에 형은 우물에 가서 물을 길어 오고, 나는 난로에 불을 지폈습니다. 추운 아침 물을 길러 가는 것이 힘이 든다고 날더러 불을 지피라고 그랬습니다. 이 무렵 노산, 청전 같은 분이 늘 놀러 왔습니다. 당신이 가정을 갖게 되고, 내가 상하이로 다시 가게 될 때까지 몇 해간을 이 하숙 저 하숙으로 같이 돌아다녔습니다.

당신의 잘 알려진 작품 〈사랑손님과 어머니〉의 어느 부분은 나와 우리 엄마의 에피소드였습니다. 형이 상하이 학생 시절에 쓴 〈개밥〉, 〈인력거꾼〉 같은 작품은 당신의 인도주의적 사상에 입각한 작품이라고 봅니다. 형은 정에 치우치는 작가입니다. 수필 〈미운 간호부〉에서 보는 바와 같이 형은 몰인정을 가장 미워합니다.

내가 베이징으로 형을 찾아갔을 때 베이하이공원에서 밤이 어두워 가는 것을 잊고 긴긴 이야기를 하였지요. 그때 조셉 콘래드 이야기를 한 것이 기억납니다. 형은 나에게 〈테니슨〉의 아더 헬름과 같은 존재. 그대가 좋아하는 시구를 여기에 적습니다.

"어떠한 운명이 오든지 내 가장 슬플 때 나는 느끼느니, 사랑을 하고 사랑을 잃은 것은 사랑을 아니한 것보다는 낫습니다."

시대 이야기 # 1930~1935년

연애의 열 가지 원칙

최근 나온 잡지 《신가정》(1935)에 '연애 십결(戀愛十訣)'이 실렸다.

1. 이성과 사이에 사랑이 싹틀 때는 조금도 주저하지 말고 부모에게 통사정을 할 일.
2. 알게 된 최초의 이성을 연애의 대상으로 생각하여서는 안 될 일.
3. 감정에 흐르지 말고 이성에 눈떠야 할 일.
4. 상대자의 성격을 경솔히 판단하지 말 일.
5. 연애 도중에 상대자에게서 절망을 느낄 때는 칼 같은 마음을 먹고 단념할 일.
6. 연애는 동정에서부터가 아니고 존경에서부터임을 인식할 일.
7. 연애의 수난은 상호의 책임인 것을 깨달을 일.
8. 어디까지든 신중, 유희적인 연애는 절대로 피할 일.
9. 결혼 기피와 처녀 시대의 꿈속에 취하려 하지 말고 어디까지나 엄격한 연애를 생각할 일.
10. 연애는 인생 최대의 사업도 아닌 동시에 무상의 향락도 아님을 깨달을 일.

보건을 위한 칠판지우개 발명

지금까지 쓰던 칠판지우개는 지울 때마다 백묵 가루가 숨결에 들어가 위생적으로 매우 좋지 않았다. 뿐만 아니라 전 세계 교육자라면 누구를 막론하고 이를 안타깝게 여기던 바이다. 심지어 이 때문에 폐병 환자까지 늘어나게 되어, 이제 보건을 위해 칠판지우개를 발명하였다 한다.

그는 공주읍 출생으로 봉천 서탑에 사는 김영배 씨다. 5년 전부터 칠판지우개 발명에 뜻을 두고 연구하고 실험한 끝에 완전히 성공하였다고 한다.

그의 발명품은 해면상 고무판에다 손잡이는 셀룰로이드 또는 목판에 금속으로 조합한 실용품으로, 구조는 아주 간편하게 되었다. 사용할 때는 해면상 고무판을 물에 담근 후 충분히 짜내어 손잡이에 붙인다. 칠판을 닦을 때마다 백묵 가루는 즉시 해면체 내부로 흡수되게 되어 있으며, 사용에 불편이 없고 오래 사용할 수 있다. 현재 특허국에 특허 출원 중이라고 한다.

역사신문 1900년 0월 0일

천국에서 맺은 사랑 노래로 다시 태어나

1934년 1월에 나온 〈봉자의 노래〉에 이어 1개월 만에 〈병운의 노래〉도 음반으로 나왔다. 채규엽이 부른 이 노래는 김봉자(갑순)와 노병운의 사랑 이야기를 담고 있다. 노병운은 아내와 자식이 있는 사람으로, 의학자이자 내과 조수로 있으면서 의학 박사를 꿈꾸다가 1932년 11월경부터 종로 대로에 있는 엔젤 카페의 여급인 봉자와 사랑에 빠졌다. 그러나 처자식이 있는 노병운과 사랑을 이루지 못한 김봉자는 1933년 9월 28일 한강에 몸을 던져 자살하였다. 하루 뒤인 9월 29일에는 그녀의 연인이던 노병운도 "나는 죗값으로 영원히 간다."라는 참회의 유서를 남기고 한강에 투신자살하였다. 이 이야기는 신문에도 실리고 널리 알려지다가 봉자의 마음을 담은 노래가 먼저 나왔고 2월에는 병운의 마음을 담은 노래가 음반으로 나와 불리고 있다.

빈방에 갇혀 우는 과부에 살길을 주라

○○부 학무국장은 과부의 재가를 금지한 것이 아니니 앞으로 수절 과부들은 재가하여도 괜찮다는 내용을 각 도지사에 알렸다. 그리고 각 도지사는 각 군 군수와 부윤 등에게 알렸다. 전 조선의 과부 총수는 정확한 통계는 없으나 40~50세가 넘은 부인을 빼고 청상과부만 약 30만 명이다. 고래 인습의 도덕률에 사로잡혀 일생을 고독의 슬픔 속에 지내는 과부들은 각자의 생활을 개조하는 좋은 기회가 되었다 한다.

현실에 울고 노래에 취하고

1934년 〈타향살이〉가 히트한 데 이어 1935년에는 〈목포의 눈물〉이 히트하는 등 초대형 히트곡이 잇따라 터져 대중가요는 바야흐로 황금기를 구가하고 있다. 〈타향살이〉는 발매한 지 1개월 만에 5만 장이 팔렸으며 만인이 애창하는 대유행곡이 됐다. 이 노래는 전국 6대 도시 애향가를 모집했을 때 당선된 가사들 중 하나에 곡을 붙인 것이다. 이 곡은 발매 직후 총독부의 검열에 걸려 일반에 선보이지도 못하고 사장될 뻔했는데, '삼백 년 원한 품은 노적봉 밑에'라는 대목이 임진왜란 당시의 원한을 말하는 것으로 은근히 반일 감정을 유포하려는 의도가 있다는 이유였다.

시대 이야기 1930~1935년

과부의 재가를 원칙으로 하라

한 남자와 한 여자가 결혼하여 이해와 사랑을 토대로 살아가다가 불행하게도 한쪽이 먼저 세상을 떠났을 때, 남은 한쪽이 고인에 대한 정과 의를 중요하게 여겨 차마 다른 짝을 구하지 않는 것은 인간 미덕의 하나임이 틀림없다. 과부의 수절을 기특하게 여기는 것도 이런 이유 때문일 것이다.

그러나 수절을 한다는 것이 쉬운 일이 아니고, 십 년을 쌓은 탑도 하룻밤에 무너질 수 있는 것이니, 진실로 속마음까지 부끄럽지 않은 참된 정렬로써 생을 마감하는 이는 백에 하나가 쉽지 못함을 본다. 지난날 열녀를 기리기 위해 동네에 세웠던 '열녀문' 같은 예가 도리어 가련한 과부들에게 마음에 없는 수절을 강요하여, 마침내는 불의와 악덕을 저지르는 경우를 자주 보지 않는가. 실질적이지 않은 공허한 미덕은 가정적으로나 사회적으로 도리어 적지 않은 악영향을 끼치어, 차라리 이를 배격함만 같지 못함을 느끼게 한다.

과부의 재가에 대하여는 법률로 금지한 일이 없다. 세종 시대에 《대전회통》에 나온 내용을 잘못 해석하여 과부의 재가를 허용치 않는 것으로 안정하여 왔었지만, 1894년 6월 28일 군국기무처의 의결로 "과부의 재혼은 귀천을 막론하고 자유로운 일이다."라는 내용이 발표되었고, 그 뒤에 이를 무효로 할 아무 법문도 나온 일이 없다. 따라서 과부의 재가는 법률상으로 아무 장애도 없고 단지 우리의 전통적 관념에 있어서만 그 시비가 논의될 것이다.

돌아보건대 과부의 수절을 장려한 우리의 지난날에, 아내를 잃은 남자가 다시 장가가는 것을 옳지 않다고 한 일이 있는가? 부부의 한편이 죽은 때에 남자는 힘과 경제력만 있으면 이미 대를 이을 아들이 있는 경우라도 언제나 다시 장가들어도 된다 하면서, 오직 여자에게만 수절을 강요했던 이유는 여성을 남성의 소유물로 보던 시대의 관념에서 유래한 것이다. 그러므로 여성의 입장에서 볼 때에는 다른 모든 조건이 재혼을 하는 데 어려움이 없고 또 가능케 할 만함에도 불구하고 스스로 자기를 가두어 외롭고 적적한 일생을 마치려 할 필요는 없는 것이다. 더구나 그 소위 수절한다는 것이 스스로 결심한 바가 아니고 인습과 체면에 끌린 것으로서, 1년에 영아 살해 50여 건이라는 허용치 못할 죄악까지를 범하게 됨에 이르러서는 과부 수절을 장려할 아무 이유도 발견할 수 없을 뿐만 아니라 도리어 하루바삐 이 쓸데없는 '미덕'을 깨트리어 가정과 사회의 불상사를 더는 동시에 불행한 그 인생들에게 다시 봄을 주어야 마땅함을 통감하는 바이다.

과부로도 재혼하지 않는 여러 가지 경우가 있으리라. 우리는 수절하는 당사자의 심경에까지 침입하여 재혼의 시비를 논하려 함은 아니다. 다만 종래의 관념으로는 과부의 수절을 원칙으로 하였기 때문에 거기서 비롯되는 여러 가지 불상사를 막기 위해 이제부터는 과부가 재혼하는 것을 원칙으로 하자는 것이다.

역사신문 1900년 ○월 ○일

아내 변심했다고 머리 깎고 때려!

지난 ○일에 경남 밀양군에 사는 박씨(30세)는 자기 처인 김씨(18세)를 방 안에 가두고 예리한 칼로 머리를 깎아 버리고 또 심하게 때려 생명까지 위독하였다 한다. 그 자세한 원인을 들은즉, 김씨가 어느 날 밤에 물을 이고 돌아오는 길에 그 집 이웃에 사는 김씨(40세)라는 남자가 갑자기 나타나 손을 잡는 것을 뿌리치고 돌아왔는데, 이것이 차차 발설이 되어 두 사람 사이에 남모르는 관계가 있다는 소문이 나자, 박씨는 자기 처에 대하여 이와 같은 폭행을 하였다 한다. 이 소문을 들은 이웃에 사는 김씨는 박씨를 찾아가서 자기의 잘못을 사과하고 김씨의 치료비를 전부 부담하기로 하였다 한다.

중국 여성 남녀평등의 법적 근거 가져

중국 여성계의 참정권 획득 노력의 결과로 중국 여성들은 남녀평등의 법적 근거를 가지게 되었다. 중국 국민정부가 1931년 6월 1일 공포한 법에 "중화민국의 국민은 남녀·종족·종교·계급의 구별 없이 법률상으로 평등하다."라고 규정하였다. 이는 남녀평등을 법적으로 보장하는 근거이다. 이를 얻어 내기 위해 중국 여성계는 오랫동안 노력해 왔으며 드디어 결실을 맺어 첫 열매를 따게 된 것이다. 미국과 독일의 여성은 1920년에, 영국 여성은 1928년에 참정권을 얻어 내었다. 우리나라 가까이 있는 중국 여성이 남녀평등을 법적으로 보장받은 것은 우리도 환영하는 일이며 우리도 하루바삐 우리 여성들의 참정권을 보장하여 실질적 남녀평등을 이루어야 할 것이다.

자동차 단속과 학생 풍기 단속

각 도 보안과장 회의는 지난 ○일에 마쳤다. 이 회의 3일간에 토의된 내용 가운데 가장 중요한 것은 자동차 단속에 관한 것과 일반 풍속을 어지럽히는 것에 대한 단속에 관한 철저한 방침, 그리고 각처에 한창 일고 있는 광산 개발에 대한 열기로 말미암은 화약 사용에 관한 단속들이었다 한다.
그리하여 이후로 보안 경찰은 자동차 규칙 개정과 동시에 그 단속 방침이 더욱 엄중해질 것이다. 그리고 '카페' 규칙 등의 개정으로 말미암은 단속, 특히 불량 학생 등의 술집 출입을 엄격하게 단속하는 것을 주된 목표로 하고, 각 도가 일제히 이들에 관한 단속을 강화해 나갈 것이라고 한다.

엮어 읽기

이루어지지 않은 사랑

〈사랑손님과 어머니〉에서 사랑손님과 어머니의 사랑은 이루어지 않아요. 그 까닭은 옥희 어머니를 억누르고 있는 사회 분위기 때문이지요. 이처럼 이루어지지 않은 사랑도 이루어진 사랑 못지않게 사람들이 많이 겪는 일이에요. 그리고 이런 모습을 많은 문학 작품에서 다루고 있답니다. 그렇다면 작품마다 도대체 왜 사랑이 이루어지지 않았는지 살펴볼까요?

───────────────────── 고전 소설 〈운영전〉

〈운영전〉의 주인공은 운영과 김 진사예요. 운영은 안평대군의 집인 수성궁에 있는 궁녀이고, 김 진사는 수성궁에 초대를 받아 온 손님이에요. 운영은 궁녀라는 신분 때문에 오로지 주인인 안평대군만을 바라보며 살아야 했어요. 하지만 마음 졸이며 남몰래 김 진사와의 사랑을 키워 가지요. 그러나 운영은 결국 사랑을 이루지 못하고 목을 매 죽어요. 그리고 김 진사도 죽은 운영을 따라 죽지요.

김 진사와 운영의 사랑은 신분의 벽과 궁녀가 지켜야만 하는 갖가지 것들 때문에 이루어질 수 없었어요.

나도향의 〈벙어리 삼룡이〉

말 못하는 삼룡이는 몸이 불편하지만 주인에게 충성을 다하며 만족하게 살고 있어요. 주인집 아들은 성질이 고약해요. 그래서 마음을 잡게 하려고 결혼을 시켰지요. 주인집 아들과 결혼한 새아씨는 가난한 양반집 딸이었어요. 외모뿐 아니라 마음씨도 예뻤지요. 새아씨의 마음 씀씀이에 삼룡이는 점점 새아씨를 마음에 두게 되고, 노예 같은 자신의 삶을 돌아보게 되지요. 남편의 폭력을 못 견뎌 목을 매려는 새아씨를 구했으나 주인집 아들은 삼룡이를 두들겨 패서 내쫓아요. 하지만 삼룡이는 주인집에 불이 났을 때 불 속에서 주인과 새아씨를 구하고 행복한 웃음을 지으며 죽어요.

삼룡이와 아씨의 사랑 역시 신분의 벽 때문에 이루어지지 않아요. 그리고 삼룡이의 신체적 장애와 외모에 대한 콤플렉스도 사랑을 방해하는 요소입니다.

황순원의 〈소나기〉

집안이 몰락해 가는 소녀가 시골로 이사를 와요. 분홍 스웨터를 입고 목덜미가 마냥 하얘요. 검게 탄 시골 소년과의 풋사랑이 싹터 가지만, 소녀는 소년과 함께 산으로 놀러 갔을 때 맞았던 소나기 때문에 병이 깊어져요. 결국 소년과의 추억이 남은 옷을 입힌 채로 묻어 달라고 하고는 죽어요.

소년과 소녀의 사랑을 갈라놓는 것은 소녀의 죽음이에요.

강신재의 〈젊은 느티나무〉

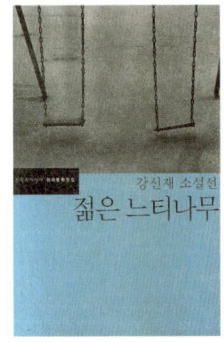

현규와 숙희는 법적으로 남매간이지만 혈연관계는 아니죠. 외할머니 집에 살던 숙희. 그녀의 어머니와 현규의 아버지가 재혼을 한 거니까요. 숙희가 고등학생이고 현규가 대학생일 때 둘은 처음 만났어요. 시간이 흐르면서 둘 사이에 사랑이 싹터요. 하지만 남매간에 이성으로서의 사랑은 용납되지 않는 일이에요.

이들의 사랑을 가로막는 것은, 가족 간의 사랑은 용납되지 않는 사회적 금기예요.

박완서의 〈그 여자네 집〉

곱단이와 만득이는 한동네에 살아요. 둘은 어릴 때부터 결혼 상대로 정해져 있는 사이에요. 그러나 만득이는 일제 강점기에 강제로 징병을 당하고, 곱단이는 정신대에 끌려가는 것을 피하기 위해 다른 남자와 혼인을 해요. 삼팔선이 그어진 후에 만득이가 돌아왔어요. 하지만 곱단이의 결혼 소식에 다음 해에 같은 마을 순애와 결혼을 해요.

일제 강점기부터 한국 전쟁에 이르는 역사적 상황이 만득이와 곱단이의 사랑을 계속 방해해요.

이경화의 〈나의 그녀〉

'나의 그녀'는 열여섯 살 남학생 김준희가 사랑하는 논술 과외 선생님이에요. 그녀는 준희보다 열여섯 살이 많아요. 준희는 그녀와 결혼하려고 해요. 준희가 그녀를 사랑하는 까닭은 다른 어른과는 다르다고 믿기 때문이에요. 그녀와 데이트도 하지만 그럴수록 점점 멀어지는 느낌이에요. 준희와 그녀 사이에는 넘을 수 없는 경계가 있어요.

준희의 사랑을 막는 것은 소년과 어른 사이의 그 넘을 수 없는 경계예요.

미리암 프레슬러의 〈씁쓸한 초콜릿〉

주인공인 여학생 에바는 먹는 것으로 스트레스를 풀어요. 그래서 남들보다 뚱뚱하죠. 그 때문에 아무도 자기를 좋아하지 않을 거라고 생각해요. 그래서 스스로 남들에게서 멀어지는 방법으로 상처받지 않으려고 해요. 그런데 미헬이라는 남자 친구를 사귀게 되었고, 반에 다른 여자 친구도 생겼어요. 이들과의 만남을 통해 남들이 자기의 모습에 신경 쓰지 않는다는 사실을 알아 가기 시작해요. 그런데 미헬은 직업 교육 때문에 다른 도시로 떠나요.

에바의 사랑을 방해하는 것은 자기 외모에 대해 가지고 있던 고정 관념이에요.

다시 읽기

사랑손님과 옥희 어머니가 문자 메시지를 주고받는다면?

상황 1 : 집에서

> 뭐 하고 있어요? 나 지금 옥희랑 놀고 있는데 ^^*

> 안채에서 바느질 중... 어깨가 아파요 ㅠㅠ

> 그럼 좀 쉬었다 해요. 내가 나중에 어깨 주물러 줄게요.

> 내 방에 들어올 생각 말아요!! 누가 보면 어쩌려고...

> 쩝.. 알았어요.;;

> 그건 그렇고... 저녁 뭐 먹고 싶어요? ♡♡

> 삶은 달걀!!! *^^*

> 옥희도 좋아하는데... 넉넉하게 해야겠어요. ♡

상황 2 : 예배당에서

나 왔소이다...♡

오셨어요!!

오늘 옷 예쁘게 입고 왔네요^^

;;;... 얌전히 예배나 드리세요!!

예배 끝나고 얼굴 좀 보고 싶소. 만날 수 없겠소?

글쎄요... 저도 함께 얘기라도 하고 싶네요.

예배당 뒤뜰 벤치가 어떻겠소?

그럼 옥희 보내고 갈게요.

빨리 와야 하오!

넵!!

상황 3 : 사랑손님이 기차를 타고 떠날 때

> 나 가요... 이제 기차 탔어요.

> 진짜 가나 보네요. 잘 가요. 이제 연락하지 말아요 ㅜㅜㅜ

> 연락하지 말라고요? 보고 싶을 텐데...

> 마지막 달걀을 드렸네요...

> 이 달걀은 눈물의 달걀이군요... 무슨 맛일까요?

> 글쎄요... 제가 어찌 알겠어요?

> 이런 ㅜㅜㅜ 폭풍눈물이군요.;;

> 울지도 말구요,, 옥희를 보고 싶어 하지도 말아요.

> 슬프지만 노력해 볼게요... 안녕! ㅜㅜ

독자 이야기

사랑손님과 옥희 어머니가 되어 서로에게 편지 쓰기

학생 글

옥희 어머니께

  옥희 어머니, 접니다. 사랑방에 살고 있는 사람입니다.

  아무 인사도 없이 편지를 보내게 되어 죄송합니다. 제가 처음 이 집에 오게 된 날, 저는 그대와 제가 이렇게 될 줄을 알고 있었습니다. 하지만 그대는 내 친구의 부인이었습니다. 그래서 억지로 제 마음을 종이처럼 구겨 구석에 처박아 두었습니다. 허나 시간이 흐를수록 그 종이가, 구기면 구길수록 자꾸 펴졌습니다. 그 종이에 쓰인 글씨들이, 그 아름답던 글씨들이 자꾸 저에게 어서 빨리 마음을 고백하라고 말하는 것만 같았습니다.

  얼마 전에 옥희와 같이 뒷동산에 놀러 갔습니다. 뒷동산에서 내려오는 길에 옥희 동무들을 만났습니다. 옥희 동무들이 저를 옥희 아버지라고 생각했는지, 옥희가 아빠랑 간다고 말했습니다. 그때 옥희가 저에게 말했습니다. 나도 아빠가 갖고 싶다고. 저는 옥희에게 꾸중을 했습니다. 하지만 꾸중하는 동안, 저는 제가 왜 옥희를 꾸중해야 하는지를 몰랐습니다.

옥희는 예쁘고 순수한 아이입니다. 옥희에게 아빠를 선물해 주고 싶습니다. 압니다, 만약 제가 옥희 아빠가 된다면 세상이 저에게 욕을 하겠지요. 허나 옥희 어머니, 이것은 우리 삶입니다. 그들 삶이 아닙니다.

당신이 힘들 때, 저는 당신 눈물을 닦아 주겠습니다. 둘 곳 없던 마음을 저에게 두어도 좋습니다. 더 이상 예배당에서 얼굴을 붉히고 싶지 않습니다.

옥희에게는 자랑스러운 아버지가, 그대에게는 든든한 남편이 되겠습니다. 제가 너무 적극적인 건 아닌지 고민이 되지만, 저는 이제 말해야 하겠습니다.

'옥희 아빠가 되고 싶습니다.'

사랑에서 올림

학생 글

사랑손님께

안녕하세요? 옥희 엄마예요.

제 남편이 저세상으로 간 후, 저는 정말 힘들었습니다. 어디 마음 둘 곳이 없었습니다. 하나였던 우리 부부가 둘로 나뉘는 것인데 어찌 아프지 않았겠습니까. 그러던 중 당신이 우리 집 사랑방에서 살게 되었습니다. 처음 그대가 우리 집에 살게 된 그날, 그때까지는 아무 느낌도 없었습니다.

하지만 시간이 가면 갈수록 제 마음은 변하기 시작했습니다. 우리가 이렇게 될 줄이야 누가 알았겠어요. 안 된다는 걸 알고 있습니다. 하지만 사람 마음이라는 게 그렇게 쉽던가요? 그렇게 저에게는 인정하지 않으려 했지만 인정할 수밖에 없는 '사랑'이라는 마음이 생겼습니다.

이제는 말하겠습니다. 그래서 옥희를 더 예쁘게 꾸몄습니다. 그러면서도 더 이상 그대에게 다가가지 못했습니다. 그래서 예배당에서도 당신에게 한마디 인사도 건네지를 못했습니다.

저는 무섭습니다. 세상이 저의 예쁜 딸을 보고 욕을 할까 봐, 아무 죄 없는 그 아이에게 저 때문에 피해가 갈까 봐 그게 가장 무섭습니다. 세상의 눈치를 봐야만 하는 제 자신이 너무 밉습니다. 왜 저는 제 인생을 세상에 물어보면서 살아야만 할까요?

하지만 어쩔 수 없습니다. 제가 누구보다 아끼는 제 딸 옥희를 위해서라도, 저는 그대를 향한 마음을 접어야겠습니다. 이제는 풍금 뚜껑을 닫아야만 하겠습니다. 제가 어디 마음 둘 곳이 없어서 그대에게 마음을 둔 것 같습니다. 그대에게 받았던 꽃도, 옥희를 더 예쁘게 단장시키던 내 마음도 이제는 접도록 하겠습니다.

  그동안 고마웠습니다. 안녕히 가십시오. 그리고 우리가 정말 사랑했다면, 다음 세상에서라도 만날 수 있겠죠…….

옥희 엄마 올림

참고 문헌

도서

이태동 편저, 《주요섭 : 미완성》, 벽호, 1992.
이남호, 《교과서에 실린 문학작품을 어떻게 가르칠 것인가》, 현대문학, 2001.
권보드래, 《연애의 시대》, 현실문화연구, 2003.
이배용, 《우리나라 여성들은 어떻게 살았을까 1, 2》, 청년사, 1999.
최시한, 《소설의 해석과 교육》, 문학과지성사, 2005.

연구 논문

송하섭, 〈'사랑방 손님과 어머니' 論〉, 1985.
문여선, 〈소설 인물 이해를 중심으로 한 소설 학습 : '사랑손님과 어머니'를 중심으로〉, 한양대, 2002.
류은숙, 〈중학교 소설 단원 시점 분석〉, 연세대, 1999.
김안나, 〈제7차 교육과정에 따른 중학교 교과서 소설 단원의 내용 분석 : '소음 공해'와 '사랑손님과 어머니'를 중심으로〉, 동국대, 2004.
최학송, 〈해방 전 주요섭의 삶과 문학〉, 2009.

선생님과 함께 읽는 사랑손님과 어머니

1판 1쇄 발행일 2011년 8월 19일
개정판 1쇄 발행일 2012년 9월 3일
개정판 11쇄 발행일 2025년 9월 15일

지은이 전국국어교사모임

발행인 김학원
발행처 (주)휴머니스트출판그룹
출판등록 제313-2007-000007호(2007년 1월 5일)
주소 (03991) 서울시 마포구 동교로23길 76(연남동)
전화 02-335-4422 **팩스** 02-334-3427
저자·독자 서비스 humanist@humanistbooks.com
홈페이지 www.humanistbooks.com
유튜브 youtube.com/user/humanistma
인스타그램 @humanist_insta

편집책임 문성환 **편집** 윤무재 **디자인** 김태형 유주현 반짝반짝 **일러스트** 김은혜
용지 화인페이퍼 **인쇄** 청아디앤피 **제본** 민성사

ⓒ 전국국어교사모임, 2012

ISBN 978-89-5862-536-0 44810

- 이 책은 저작권법에 따라 보호받는 저작물이므로 무단 전재와 무단 복제를 금합니다.
- 이 책의 전부 또는 일부를 이용하려면 반드시 저자와 (주)휴머니스트출판그룹의 동의를 받아야 합니다.